JN262831

新潮文庫

みだれ髪

与謝野晶子著

新潮社版

6421

目次

みだれ髪

この書の体裁は悉く藤島武二先生の意匠に成れり
表紙画みだれ髪の輪郭は恋愛の矢のハートを射たるにて矢の根より吹き出でたる花は詩を意味せるなり

・明治三十四年（一九〇一）年八月十五日、『みだれ髪』初版は、鳳晶子著として東京新詩社と伊藤文友館の共版で刊行された。サイズは、タテ一九二ミリ、横八四ミリ。

右掲文は、その三頁めに、黄色で印刷されている。

・本書は、初版の複刻版（昭和四十三年十二月、日本近代文学館刊「名著複刻全集 近代文学館『みだれ髪』」）を底本とし、体裁の味わいを極力残すよう努めた。

但し、初版では、一頁あたり三首掲載のところ、版幅のちがいから、本書では、四首収めた。

また、本文内＊印は、本書で新しく付したルビであることを示す。

さらに、歌の下の通し番号は、巻末「訳と鑑賞」及び「誤植訂正表」の、解説の便宜のために、新たに付したものである。

臙《えん》脂《じ》紫《むらさき》*

夜の帳《ちやう》にささめき尽きし星の今を下《げ》界《かい》の　1
人の鬢《びん》*のほつれよ

歌にきけな誰れ野の花に紅《あか》*き否《いな》むおもむ　2
きあるかな春《はる》罪《つみ》もつ子

3 髪《かみ》五尺ときなば水にやはらかき少女《をとめ》ごころは秘めて放たじ

4 血ぞもゆるかさむひと夜の夢のやど春を行く人神おとしめな

5 椿それも梅もさなりき白かりきわが罪問はぬ色《いろ》桃《もゝ》に見る

6 その子二十《はたち》櫛《くし》*にながるる黒髪のおごりの春のうつくしきかな

7 堂の鐘のひくきゆふべを前髪の桃のつぼみに経《きやう》たまへ君

8 紫にもみうらにほふみだれ篋《ばこ》をかくしわづらふ宵の春の神

9 臙脂《ゑんじ》色《いろ》は誰にかたらむ血のゆらぎ春のおもひのさかりの命《いのち》

10 紫の濃き虹説きしさかづきに映《うつ》る春の子眉毛《まゆげ》かぼそき

紺青《こんじやう》を絹にわが泣く春の暮やまぶきがさね友《とも》歌ねびぬ　11

まゐる酒に灯《ひ》あかき宵を歌たまへ女《をんな》はらから牡丹に名なき　12

海棠《かいだう》*にえうなくときし紅《べに》すてて夕雨《ゆふさめ》みやる瞳《ひとみ》よたゆき　13

水にねし嵯峨の大堰《おほゐ》のひと夜《よ》神《がみ》絽《ろ》蚊《が》帳《や》の裾《すそ》*の歌ひめたまへ　14

15
春の国恋の御国のあさぼらけしるきは髪
か梅花《ばいくわ》のあぶら

16
今はゆかむさらばと云ひし夜の神の御裾《みすそ》
さはりてわが髪ぬれぬ

17
細きわがうなじにあまる御手《みて》のべてささ
へたまへな帰る夜の神

18
清水《きよみづ》へ祇園《ぎをん》をよぎる桜月夜《さくらづきよ》こよひ逢ふ人
みなうつくしき

19 秋の神の御衣《みけし》より曳《ひ》*く白き虹ものおもふ子の額に消えぬ

20 経《きやう》はにがし春のゆふべを奥の院の二十五菩薩歌うけたまへ

21 山ごもりかくてあれなのみをしへよ紅《べに》つくるころ桃の花さかむ

22 とき髪に室《むろ》むつまじの百合のかをり消えをあやぶむ夜《よ》の淡紅《とき》色《いろ》よ

23 雲ぞ青き来し夏姫《なつひめ》が朝の髪うつくしいか
な水に流るる

24 夜の神の朝のり帰る羊とらへちさき枕の
したにかくさむ

25 みぎはくる牛かひ男歌あれな秋のみづう
みあまりさびしき

26 やは肌のあつき血《ち》汐《しほ》*にふれも見でさびし
からずや道を説く君

27
許したまへあらずばこその今のわが身うすむらさきの酒うつくしき

28
わすれがたきとのみに趣《しゅ》味《み》をみとめませ説かじ紫その秋の花

29
人かへさず暮れむの春の宵ごこち小《を》琴《ごと》にもたす乱れ乱れ髪

30
たまくらに鬢《びん》のひとすぢきれし音《ね》を小《を》琴《ごと》と聞きし春の夜の夢

恋愛

31 春雨にぬれて君こし草の門《かど》よおもはれ顔の海棠の夕

32 小《を》草《ぐさ》いひぬ『酔へる涙の色にさかむそれまで斯《か》*くて覚めざれな少女《をとめ》』

33 牧場いでて南にはしる水ながしさても緑の野にふさふ君

34 春よ老いな藤によりたる夜《よ》の舞《まひ》殿《どの》ゐならぶ子らよ束《つか》の間《ま》老いな

雨みゆるうき葉しら蓮《はす》絵師の君に傘まゐらする三尺の船　35

御《み》相《さう》いとどしたしみやすきなつかしき若《わか》葉《ば》木《こ》*立《だち》の中《なか》の盧《る》遮《しや》那《な》仏《ぶつ》　36

さて責むな高きにのぼり君みずや紅《あけ》の涙の永《えう》劫《ごふ》のあと　37

春雨にゆふべの宮《みや》をまよひ出でし小《こ》羊《ひつじ》君《きみ》をのろはしの我れ　38

ゆあみする泉の底の小百合《さゆり》花《ばな》二十《はたち》の夏を
うつくしと見ぬ
39

みだれごこちまどひごこちぞ頻《しきり》*なる百合
ふむ神に乳《ち》おほひあへず
40

くれなゐの薔薇《ばら》のかさねの唇に霊の香の
なき歌のせますな
41

旅のやど水に端居《はしゐ》の僧の君をいみじと泣
きぬ夏の夜の月
42

43 春の夜の闇《やみ》の中《なか》くるあまき風しばしかの
子が髪に吹かざれ

44 水に飢ゑて森をさまよふ小羊のそのまな
ざしに似たらずや君

45 誰ぞ夕《ゆふべ》ひがし生《い》駒《こま》の山の上のまよひの雲
にこの子うらなへ

46 悔いますなおさへし袖に折れし剣《つるぎ》つひの
理想《おもひ》の花に刺《とげ》あらじ

47 額《ぬか》ごしに暁《あけ》の月みる加茂川の浅《あさ》水《みづ》色《いろ》のみだれ藻《も》染《ぞめ》よ

48 御《み》袖《そで》くくりかへりますかの薄《うす》闇《やみ》の欄《おば》干《しま》夏の加茂川の神

49 なほ許せ御国遠くば夜《よ》の御《み》神《かみ》紅《べに》盃《ざら》船《ふね》に送りまゐらせむ

50 狂ひの子われに焔《ほのほ》の翅《はね》かろき百三十里あわただしの旅

今ここにかへりみすればわがなさけ闇《やみ》を
おそれぬめしひに似たり
51

うつくしき命を惜しと神のいひぬ願ひの
それは果してし今
52

わかき小《を》指《ゆび》胡《ご》粉《ふん》をとくにまどひあり夕ぐ
れ寒き木蓮の花
53

ゆるされし朝よそほひのしばらくを君に
歌へな山の鶯
54

55
ふしませとその間《ま》さがりし春の宵衣《い》桁《かう》に
かけし御袖かつぎぬ

56
みだれ髪を京の島田にかへし朝ふしてゐ
ませの君ゆりおこす

57
しのび足に君を追ひゆく薄月夜《うすづきよ》右のたも
との文がらおもき

58
紫に小草《をぐさ》が上へ影おちぬ野の春かぜに髪
けづる朝

59 絵日傘をかなたの岸の草になげわたる小川よ春の水ぬるき

60 しら壁へ歌ひとつ染めむねがひにて笠はあらざりき二百里の旅

61 嵯峨の君を歌に仮《か》*せなの朝のすさびすねし鏡のわが夏姿

62 ふさひ知らぬ新婦《にひびと》かざすしら萩に今宵の神のそと片笑《かたゑ》みし

63 ひと枝の野の梅をらば足りぬべしこれかりそめのかりそめの別れ

64 鶯は君が声よともどきながら緑のとばりそとかかげ見る

65 紫の虹の滴《したゝ》り花におちて成りしかひなの夢うたがふな

66 ほととぎす嵯峨へは一里京へ三里水の清《きよ》瀧《たき》夜の明けやすき

紫《むらさき》の理《り》想《さう》の雲はちぎれ〳〵仰ぐわが空それはた消えぬ　67

乳ぶさおさへ神《しん》秘《ぴ》のとばりそとけりぬここなる花の紅《くれなゐ》ぞ濃き　68

神の背《せな》にひろきながめをねがはずや今かたかたの袖ぞむらさき　69

とや心朝の小琴《をごと》の四つの緒のひとつを永《と》久《は》に神きりすてし　70

71
ひく袖に片笑《かたゑみ》もらす春ぞわかき朝のうし
ほの恋のたはぶれ

72
くれの春隣すむ画師《ゑし》うつくしき今朝《けさ》山吹
に声わかかりし

73
郷人《さとびと》にとなり邸《やしき》のしら藤の花はとのみに
問ひもかねたる

74
人にそひて樒《しきみ》ささぐるこもり妻《づま》母なる君
を御墓《みはか》に泣きぬ

なにとなく君に待たるるここちして出で
し花野の夕月夜かな
75

おばしまにおもひはてなき身をもたせ小
萩をわたる秋の風見る
76

ゆあみして泉を出でしやはだにふるる
はつらき人の世のきぬ
77

売りし琴にむつびの曲《きよく》をのせしひびき逢《あふ》
魔《ま》がどきの黒百合折れぬ
78

うすものの二尺のたもとすべりおちて蛍ながるる夜《よ》風《かぜ》の青き　79

恋ならぬねざめたたずむ野のひろさ名なし小川のうつくしき夏　80

このおもひ何とならむのまどひもちしその昨日《きのふ》すらさびしかりし我れ　81

おりたちてうつつなき身の牡丹見ぬそぞろや夜《よる》を蝶のねにこし　82

その涙のごふゑにしは持たざりきさびし
の水に見し二十日月《はつかづき》
83

水十里ゆふべの船をあだにやりて柳によ
る子ぬかうつくしき（をとめ）
84

旅の身の大《おほ》河《かは》ひとつまどはむや徐《しづ》かに日《に》
記《き》の里の名けしぬ（旅びと）
85

小《を》傘《がさ》とりて朝の水くむ我とこそ穂《ほ》麦《むぎ》あを
あを小《こ》雨《さめ》ふる里
86

87 おとに立ちて小川をのぞく乳母が小《こ》窓《まど》小《こ》雨《さめ》のなかに山吹のちる

88 恋か血か牡丹に尽きし春のおもひとのゐの宵のひとり歌なき

89 長き歌を牡丹にあれの宵の殿《おとど》妻となる身の我れぬけ出でし

90 春三《み》月《つき》柱《ぢ》おかぬ琴に音たてぬふれしそぞろの宵の乱れ髪

いづこまで君は帰るとゆふべ野にわが袖
ひきぬ翅《はね》ある童《わらは》
91

ゆふぐれの戸に倚《よ》*り君がうたふ歌『うき
里去りて往きて帰らじ』
92

さびしさに百二十里をそぞろ来ぬと云ふ
人あらばあらば如何ならむ
93

君が歌に袖かみし子を誰と知る浪速《なには》*の宿
は秋寒かりき
94

現代の小説

95 その日より魂にわかれし我れむくろ美し
と見ば人にとぶらへ

96 今の我に歌のありやを問ひますな柱《ぢ》なき
繊《ほそ》絃《いと》これ二十五絃《げん》

97 神のさだめ命のひびき終《つひ》の我世琴《こと》に斧《をの》う
つ音ききたまへ

98 人ふたり無《ぶ》才《さい》の二字を歌に笑みぬ恋《こひ》二万
年《ねん》ながき短き

蓮の花船

漕ぎかへる夕《ゆふ》船《ぶね》おそき僧の君紅《ぐ》蓮《れん》や多きしら蓮《はす》や多き
99

あづまやに水のおときく藤の夕はづしますなのひくき枕よ
100

101 御袖ならず御髪《みぐし》のたけときこえたり七尺
いづれしら藤の花

102 夏花のすがたは細きくれなゐに真昼《まひる》いき
むの恋よこの子よ

103 肩おちて経《きやう》にゆらぎのそぞろ髪をとめ有《う》
心《しん》者《じや》春の雲こき

104 とき髪を若枝《わかえ》にからむ風の西よ二尺足ら
ぬうつくしき虹

うながされて汀《みぎは》の闇《やみ》に車おりぬほの紫の
反橋《そりはし》の藤《ふぢ》
105

われとなく梭《をさ》の手とめし門《かど》の唄《うた》姉がゐま
ひの底はづかしき
106

ゆあがりのみじまひなりて姿見に笑みし
昨日《きのふ》の無きにしもあらず
107

人まへを袂《たもと》*すべりしきぬでまり知らずと
云ひてかかへてにげぬ
108

109 ひとつ篋《はこ》にひひなをさめて蓋《ふた》とぢて何と
なき息《いき》桃にはばかる

110 ほの見しは奈良のはづれの若葉《わかば》宿《やど》うすま
ゆずみのなつかしかりし

111 紅《あけ》に名の知らぬ花さく野の小道《こみち》いそぎた
まふな小傘《をがさ》の一人《ひとり》

112 くだり船昨夜《よべ》月かげに歌そめし御《み》堂《だう》の壁
も見えず見えずなりぬ

師の君の目を病みませる庵《いほ》の庭へうつし
まゐらす白菊の花
113

文字ほそく君が歌ひとつ染めつけぬ玉《たま》虫《むし》
ひめし小《こ》筥《ばこ》の蓋《ふた》に
114

ゆふぐれを籠へ鳥よぶいもうとの爪《つま》先《さき》ぬ
らす海棠の雨
115

ゆく春をえらびよしある絹《きぬ》袷衣《あはせ》ねびのよ
そめを一人《ひとり》に問ひぬ
116

117
ぬしいはずとれなの筆の水の夕そよ墨足
らぬ撫子《なでしこ》がさね

118
母よびてあかつき問ひし君といはれそむ
くる片頬柳にふれぬ

119
のろひ歌かきかさねたる反古《ほご》とりて黒き
胡蝶をおさへぬるかな

120
額《ぬか》しろき聖《ひじり》*よ見ずや夕ぐれを海棠に立つ
春《はる》夢《ゆめ》見《み》姿《すがた》

121 笛の音に法華経うつす手をとどめひそめ
し眉よまだうらわかき

122 白檀《びやくだん》のけむりこなたへ絶えずあふるにく
き扇をうばひぬるかな

123 母なるが枕経《まくらぎやう》よむかたはらのちひさき足
をうつくしと見き

124 わが歌に瞳《ひとみ》のいろをうるませしその君去
りて十日たちにけり

125
かたみぞと風なつかしむ小扇のかなめあ
やふくなりにけるかな

126
春の川のりあひ舟のわかき子が昨夜《よべ》の泊《とまり》
の唄《うた》ねたましき

127
泣かで急げやは手にはばき解くゑにしゑ
にし持つ子の夕を待たむ

128
燕なく朝をはばきの紐《ひも》ぞゆるき柳かすむ
やその家《や》のめぐり

小川われ村のはづれの柳かげに消えぬ姿を泣く子朝見《あさみ》し　129

鶯に朝寒からぬ京の山おち椿ふむ人むつまじき　130

道たま〳〵蓮月が庵のあとに出でぬ梅に相行く西の京の山　131

君が前に李春蓮説くこの子ならずよき墨なきを梅にかこつな　132

133 あるときはねたしと見たる友の髪に香の
煙のはひかかるかな

134 わが春の二十《はたち》姿《すがた》と打ぞ見ぬ底くれなゐの
うす色牡丹

135 春はただ盃にこそ注《つ》ぐべけれ智慧あり顔
の木蓮や花

136 さはいへど君が昨日《きのふ》の恋がたりひだり枕
の切なき夜半よ

人そぞろ宵の羽織の肩うらへかきしは歌か芙《ふ》蓉《よう》*といふ文字 137

琴の上に梅の実おつる宿の昼よちかき清水に歌ずする君 138

うたたねの君がかたへの旅づつみ恋の詩集の古きあたらしき 139

戸に倚《よ》*りて菖蒲《あやめ》売《う》る子がひたひ髪にかかる薄《うす》靄《もや》にほひある朝 140

141
五月雨《さみだれ》もむかしに遠き山の庵通夜《つや》する人
に卯《う》*の花いけぬ

142
四十八寺《ぢ》そのひと寺《てら》の鐘なりぬ今し江の
北雨雲《あまぐも》ひくき

143
人の子にかせしは罪かわがかひな白きは
神になどゆづるべき

144
ふりかへり許したまへの袖だたみ闇《やみ》くる
風に春ときめきぬ

夕ふるはなさけの雨よ旅の君ちか道とはで宿とりたまへ
145

巌《いは》をはなれ谿《たに》をくだりて躑躅《つゝじ》をりて都の絵師と水に別れぬ
146

春の日を恋に誰れ倚るしら壁ぞ憂きは旅の子藤たそがるる
147

油《あぶら》のあと島田のかたと今日《けふ》知りし壁に李《すもゝ》の花ちりかかる
148

149 うなじ手にひくきささやき藤の朝をよしなやこの子行くは旅の君

150 まどひなくて経ずする我と見たまふか下《げ》品《ぼん》の仏《ほとけ》上品《じやうぼん》の仏《ほとけ》

151 ながしつる四つの笹舟《さゝぶね》紅梅を載せしがことにおくれて往きぬ

152 奥の室《ま》のうらめづらしき初声《うぶごゑ》に血の気のぼりし面《おも》まだ若き

153 人の歌をくちずさみつつ夕よる柱つめた
き秋の雨かな

154 小百合さく小草がなかに君まてば野末に
ほひて虹あらはれぬ

155 かしこしといなみていひて我とこそその
山坂を御手に倚らざりし

156 鳥辺野は御親の御墓あるところ清《きよ》水《みづ》坂《ざか》に
歌はなかりき

白百合

157 御親まつる墓のしら梅中《なか》に白く熊笹《くまざさ》小笹《をざさ》
たそがれそめぬ

158 男《をとこ》きよし載するに僧のうらわかき月にく
らしの蓮《はす》の花《はな》船《ぶね》

159 経にわかき僧のみこゑの片《かた》明《あか》り月の蓮《はす》船《ぶね》
兄こぎかへる

160 浮葉きるとぬれし袂の紅《あけ》のしづく蓮《はす》にそ
そぎてなさけ教へむ

こころみにわかき唇ふれて見れば冷かな
るよしら蓮の露
161

明くる夜の河はばひろき嵯峨の欄《らん》きぬ水
色の二人《ふたり》の夏よ
162

藻の花のしろきを摘むと山みづに文がら
濡《ひ》ぢぬうすものの袖
163

牛の子を木かげに立たせ絵にうつす君が
ゆかたに柿の花ちる
164

誰が筆に染めし扇ぞ去年《こぞ》までは白きをめでし君にやはあらぬ
165

おもざしの似たるにまたもまどひけりたはぶれますよ恋の神々《かみ〴〵》
166

五月雨に築土《ついぢ》くづれし鳥羽殿《とばどの》のいぬゐの池におもだかさきぬ
167

つばくらの羽《はね》にしたたる春雨をうけてなでむかわが朝寝髪
168

しら菊を折りてゐまひし朝すがた垣《か》間《い》《ま》*みしつと人の書きこし
169

八つ口をむらさき緒もて我れとめじひかばあたへむ三尺の袖
170

春かぜに桜花ちる層《そう》塔《たふ》のゆふべを鳩の羽《は》に歌そめむ
171

憎からぬねたみもつ子とききし子の垣の山吹歌うて過ぎぬ
172

おばしまのその片袖ぞおもかりし鞍馬《くらま》*を 173
西へ流れにし霞

ひとたびは神より更ににほひ高き朝をつ 174
つみし練《ねり》の下襲《したがさね》

白百合

月の夜の蓮《はす》のおばしま君うつくしうら葉
の御《み》歌《うた》わすれはせずよ
175

たけの髪をとめ二人《ふたり》に月うすき今宵しら
蓮《はす》色まどはずや
176

177 荷《は》葉《す》なかば誰にゆるすの上《かみ》の御《み》句《く》ぞ御《み》袖《そで》
片《かた》取《と》るわかき師の君

178 おもひおもふ今のこころに分ち分かず君
やしら萩われやしろ百合

179 いづれ君ふるさと遠き人の世ぞ御手は
なしは昨日《きのふ》の夕

180 三たりをば世にうらぶれしはらからとわ
れ先づ云ひぬ西の京の宿

181
今宵《こよひ》まくら神にゆづらぬやは手なりたが
はせまさじ白百合の夢

182
夢にせめてせめてと思ひその神に小百合
の露の歌ささやきぬ

183
次のまのあま戸そとくるわれをよびて秋
の夜いかに長きみぢかき

184
友のあしのつめたかりきと旅の朝わかき
わが師に心なくいいひぬ

185
ひとまおきてをりをりもれし君がいきそ
の夜しら梅だくと夢みし

186
いはず聴かずただうなづきて別れけりそ
の日は六日二人《ふたり》と一人《ひとり》

187
もろ羽かはし掩《おほ》*ひしそれも甲斐なかりき
うつくしの友西の京の秋

188
星となりて逢はむそれまで思ひ出でな一
つふすまに聞きし秋の声

189 人の世に才秀でたるわが友の名の末かな
し今日《けふ》秋くれぬ

190 星の子のあまりによわし袂《たもと》*あげて魔にも
鬼にも勝《か》たむと云へな

191 百合の花わざと魔の手に折らせおきて拾
ひてだかむ神のこころか

192 しろ百合はそれその人の高きおもひおも
わは艶《にほ》ふ紅《べに》芙蓉《ふよう》とこそ

193 さはいへどそのひと時よまばゆかりき夏
の野しめし白百合の花

194 友は二十《はたち》ふたつこしたる我身なりふさは
ずあらじ恋と伝へむ

195 その血潮ふたりは吐かぬちぎりなりき春
を山蓼《やまたで》たづねますな君

196 秋を三人《みたり》椎の実なげし鯉やいづこ池の朝
かぜ手と手つめたき

197
かの空よ若狭《わかさ》*は北よわれ載せて行く雲な
きか西の京の山

198
ひと花はみづから渓にもとめきませ若狭
の雪に堪へむ紅《くれなゐ》

199
『筆のあとに山居《やまゐ》のさまを知りたまへ』
人への人の文さりげなき

200
京はもののつらきところと書きさして見
おろしませる加茂の河しろき

恨みまつる湯におりしまの一人《ひとり》居《ゐ》を歌な
かりきの君へだてあり
201

秋の衾《ふすま》あしたわびし身うらめしきつめた
きためし春の京に得ぬ
202

わすれては谿へおりますうしろ影ほそき
御《み》肩《かた》に春の日よわき
203

京の鐘この日このとき我れあらずこの日
このとき人と人を泣きぬ
204

205 琵琶の海山ごえ行かむいざと云ひし秋よ
三人《みたり》よ人そぞろなりし

206 京の水の深み見おろし秋を人の裂きし小《を》
指《ゆび》の血のあと寒き

207 山蓼のそれよりふかきくれなゐは梅よは
ばかれ神にとがおはむ

208 魔のまへに理想《おもひ》くだきしよわき子と友の
ゆふべをゆびさしますな

魔のわざを神のさだめと眼を閉ぢし友の 209
片手の花あやぶみぬ

歌をかぞへその子この子にならふなのま 210
だ寸《すん》ならぬ白百合の芽よ

はたち妻

211 露にさめて瞳《ひとみ》もたぐる野の色よ夢のただちの紫の虹

212 やれ壁にチチアンが名はつらかりき湧く酒がめを夕に秘めな

春

何となきただ一ひらの雲に見ぬみちびき
さとし聖歌《せいか》のにほひ
213

袖にそむきふたたびここに君と見ぬ別れ
の別れさいへ乱れじ
214

淵の水になげし聖書を又もひろひ空《そら》仰ぎ
泣くわれまどひの子
215

聖書だく子人の御《み》親《おや》の墓に伏して弥《み》勒《ろく》の
名をば夕に喚《よ》*びぬ
216

217 神ここに力をわびぬとき紅《べに》のにほひ興《きよう》が
るめしひの少女《をとめ》

218 痩せにたれかひなもる血ぞ猶わかき罪を
泣く子と神よ見ますな

219 おもはずや夢ねがはずや若人《わかうど》よもゆるく
ちびる君に映《うつ》らずや

220 君さらば巫山《ふざ》の春のひと夜《よ》妻《づま》またの世ま
では忘れゐたまへ

あまきにがき味うたがひぬ我を見てわかきひじりの流しにし涙 221

歌に名は相問《あひと》はざりきさいへ一夜《ひとよ》ゐにしのほかの一夜とおぼすな 222

水の香をきぬにおほひぬわかき神草には見えぬ風のゆるぎよ 223

ゆく水のざれ言きかす神の笑まひ御歯《みは》あざやかに花の夜あけぬ 224

百合にやる天《あめ》の小蝶のみづいろの翅《はね》にし
つけの糸をとる神
225

ひとつ血の胸くれなゐの春のいのちひれ
ふすかをり神もとめよる
226

わがいだくおもかげ君はそこに見む春の
ゆふべの黄《き》雲《ぐも》のちぎれ
227

むねの清水あふれてつひに濁りけり君も
罪の子我も罪の子
228

うらわかき僧よびさます春の窓ふり袖ふれて経くづれきぬ　229

今日《けふ》を知らず智慧の小石は問はでありき星のおきてと別れにし朝　230

春にがき貝多羅《ばいたら》葉《えふ》の名をききて堂の夕日に友の世泣きぬ　231

ふた月を歌にただある三本樹《さん*ぼんぎ》加茂川千鳥恋はなき子ぞ　232

わかき子が乳《ちゝ》の香まじる春雨に上《うは》羽《ば》を染めむ白き鳩われ　233

夕ぐれを花にかくるる小狐のにこ毛にひびく北嵯峨の鐘　234

見しはそれ緑の夢のほそき夢ゆるせ旅人かたり草なき　235

胸と胸とおもひことなる松のかぜ友の頬を吹きぬ我頬を吹きぬ　236

237 野《の》茨《ばら》をりて髪にもかざし手にもとり永き
日野辺に君まちわびぬ

238 春を説くなその朝かぜにほころびし袂だ
く子に君こころなき

239 春をおなじ急瀬《はやせ》さばしる若鮎の釣緒《つりを》の細
うくれなゐならぬ

240 みなぞこにけぶる黒髪ぬしや誰れ緋鯉の
せなに梅の花ちる

241 秋を人のよりし柱にとがぬあり梅にことかるきぬぎぬの歌

242 京の山のこぞめしら梅人ふたりおなじ夢みし春と知りたまへ

243 なつかしの湯の香梅が香山の宿の板戸によりて人まちし闇

244 詞《ことば》*にも歌にもなさじわがおもひその日そのとき胸より胸に

245
歌にねて昨夜《よべ》梶の葉の作者見ぬうつくし
かりき黒髪の色

246
下京《しもぎやう》や紅屋《べにや》が門《かど》をくぐりたる男かわゆし
春の夜の月

247
枝《し》折《をり》戸《ど》*ありて紅梅さけり水ゆけり立つ子わ
れより笑みうつくしき

248
しら梅は袖に湯の香は下のきぬにかりそ
めながら君さらばさらば

249
二十《はた》とせの我世の幸《さち》はうすかりきせめて
今見る夢やすかれな

250
二十《はた》とせのうすきいのちのひびきありと
浪華《なには》*の夏の歌に泣きし君

251
かつぐきぬにその間《ま》の床《とこ》の梅ぞにくき昔
がたりを夢に寄する君

252
それ終《つひ》*に夢にはあらぬそら語り中《なか》のとも
しびいつ君きえし

253 君ゆくとその夕ぐれに二人して柱にそめし白萩の歌

254 なさけあせし文みて病みておとろへてかくても人を猶恋ひわたる

255 夜の神のあともとめよるしら綾の鬢《びん》*の香朝の春雨の宿

256 その子ここに夕《ゆふ》片《かた》笑《ゑ》みの二十《はたち》びと虹のはしらを説くに隠れぬ

このあした君があげたるみどり子のやがて得む恋うつくしかれな

257

恋の神にむくいまつりし今日の歌ゑにしの神はいつ受けまさむ

258

かくてなほあくがれますか真善美わが手の花はくれなゐよ君

259

くろ髪の千すぢの髪のみだれ髪かつおもひみだれおもひみだるる

260

261 そよ理《り》想《さう》おもひにうすき身なればか朝の
露《つゆ》草《くさ》人ねたかりし

262 とどめあへぬそぞろ心は人しらむくづれ
し牡丹さぎぬに紅き

263 『あらざりき』そは後《のち》の人のつぶやきし
我には永久《とせ》のうつくしの夢

264 行く春の一《ひと》絃《を》一《ひと》柱《ぢ》におもひありさいへ火《ほ》
かげのわが髪ながき

265 のらす神あふぎ見するに瞼《まぶた》おもきわが世
の闇の夢の小《さ》夜《よ》中《なか》

266 そのわかき羊は誰に似たるぞの瞳《ひとみ》の御《み》色《いろ》
野は夕なりし

267 あえかなる白きうすものまなじりの火か
げの栄《はえ》の咀《のろ》はしき君

268 紅梅にそぞろゆきたる京の山叔母の尼す
む寺は訪はざりし

269
くさぐさの色ある花によそはれし棺《ひつぎ》のな
かの友うつくしき

270
五つとせは夢にあらずよみそなはせ春に
色なき草ながき里

271
すげ笠にあるべき歌と強ひゆきぬ若葉よ
薫《かを》れ生《い》駒《こま》葛《かつら》城《ぎ》

272
裾たる紫ひくき根なし雲牡丹が夢の真《ま》
昼《ひる》しづけき

紫のわが世の恋のあさぼらけ諸《もろ》手《で》のかをり追《おひ》風《かぜ》ながき 273

このおもひ真昼の夢と誰か云ふ酒のかをりのなつかしき春 274

みどりなるは学びの宮とさす神にいらへまつらで摘む夕すみれ 275

そら鳴りの夜ごとのくせぞ狂《くる》ほしき汝《なれ》よ小《を》琴《ごと》よ片袖かさむ　（琴に） 276

夏

277 ぬしえらばず胸にふれむの行く春の小琴
とおぼせ眉やはき君(琴のいらへて)

278 去《こ》年《ぞ》ゆきし姉の名よびて夕ぐれの戸に立
つ人をあはれと思ひぬ

279 十《つ》九《づ》のわれすでに菫《すみれ》*を白く見し水はやつ
れぬはかなかるべき

280 ひと年をこの子のすがた絹に成らず画の
筆すてて詩にかへし君

281 白きちりぬ紅きくづれぬ床《ゆか》の牡丹五《ご》*山《ざん》の
僧の口おそろしき

282 今日の身に我をさそひし中《なか》の姉小《こ》町《まち》のは
てを祈れと去《い》にぬ

283 秋もろし春みじかしをまどひなく説く子
ありなば我れ道きかむ

284 さそひ入れてさらばと我手はらひます御《み》
衣《けし》のにほひ闇《やみ》やはらかき

285 病みてこもる山の御堂に春くれぬ今日《けふ》文ながき絵筆とる君

286 河ぞひの門《かど》小雨ふる柳はら二人《ふたり》の一人《ひとり》めす馬しろき

287 歌は斯《か》*くよ血ぞゆらぎしと語る友に笑まひを見せしさびしき思

288 とおもへばぞ垣をこえたる山ひつじとおもへばその花よわりなの

289 庭下駄に水をあやぶむ花あやめ鋏《はさみ》にたら
ぬ力をわびぬ

290 柳ぬれし今《け》朝《さ》門《かど》すぐる文づかひ青《あを》貝《がひ》ずり
のその箱ほそき

291 『いまさらにそは春せまき御胸なり』わ
れ眼をとぢて御手にすがりぬ

292 その友はもだえのはてに歌を見ぬわれを
召す神きぬ薄黒き

293
そのなさけかけますな君罪の子が狂ひの
はてを見むと云ひたまへ

294
いさめますか道ときますかさとしますか
宿世のよそに血を召しませな

295
もろかりしはかなかりしと春のうた焚《た》*く
にこの子の血ぞあまり若き

296
夏やせの我やねたみの二十妻《はたちづま》里居《さとゐ》の夏に
京を説く君

こもり居《ゐ》*に集《しう》の歌ぬくねたみ妻五月《さつき》のや
どの二人《ふたり》うつくしき

舞姫

298 人に侍《はべ》る*大堰《おほゐ》の水のおばしまにわかきうれひの袂の長き

299 くれなゐの扇に惜しき涙なりき嵯峨のみぢか夜暁《あけ》寒かりし

300 朝を細き雨に小鼓《こづつみ》おほひゆくだんだら染の袖ながき君

301 人にそひて今日《けふ》京の子の歌をきく祇《ぎ》園《をん》清《きよ》水《みづ》春の山まろき

302 くれなゐの襟にはさめる舞《まひ》扇《あふぎ》酔のすさびのあととめられな

303 桃われの前髪ゆへるくみ紐《ひも》*やときいろなるがことたらぬかな

304 浅黄地に扇ながしの都染《みやこぞめ》九尺のしごき袖
よりも長き

305 四条橋《ばし》おしろいあつき舞姫のぬかささや
かに撲《う》*つ夕あられ

306 さしかざす小傘《をがさ》に紅き揚羽蝶《あげはてふ》小褄とる手
に雪ちりかかる

307 舞姫のかりね姿ようつくしき朝京《きやう》くだる
春の川舟

308 紅梅に金糸のぬひの菊づくし五枚かさねし襟なつかしき

309 舞ぎぬの袂に声をおほひけりここのみ闇の春の廻廊《わたどの》

310 まこと人を打たれむものかふりあげし袂このまま夜をなに舞はむ

311 三たび四たびおなじしらべの京の四季おとどの君をつらしと思ひぬ

312 あでびとの御《み》膝《ひざ》へおぞやおとしけり行幸《みゆき》
源氏《げんじ》の巻絵《まきゑ》の小櫛《をぐし》

313 しろがねの舞の花櫛おもくしてかへす袂
のまならぬかな

314 四とせまへ鼓うつ手にそそがせし涙のぬ
しに逢はれむ我か

315 おほづつみ抱《かゝ》へかねたるその頃よ美《よ》き衣《きぬ》
きるをうれしと思ひし

われなれぬ千鳥なく夜の川かぜに鼓拍子《つつみびやうし》
をとりて行くまで
316

いもうとの琴には惜しきおぼろ夜よ京の
子こひし鼓のひと手
317

よそほひし京の子すゑて絹《きぬ》のべて絵の具
とく夜を春の雨ふる
318

そのなさけ今日舞《まひ》姫《ひめ》に強《し》ひますか西の秀《す》
才《さい》が眉よやつれし
319

春思

いとせめてもゆるがままにもえしめよ斯
くぞ覚ゆる暮れて行く春
320

春みじかし何に不《ふ》滅《めつ》の命ぞとちからある
乳を手にさぐらせぬ
321

322
夜《よ》の室《むろ》に絵の具かぎよる懸《け》想《さう》の子太古の
神に春似たらずや

323
そのはてにのこるは何と問ふな説くな友
よ歌あれ終《つひ》の十字架

324
わかき子が胸の小琴の音《ね》を知るや旅ねの
君よたまくらかさむ

325
松かげにまたも相見る君とわれゑにしの
神をにくしとおぼすな

326
きのふをば千とせの前の世とも思ひ御手
なほ肩に有りとも思ふ

327
歌は君酔ひのすさびと墨ひかばさても消
ゆべしさても消ぬべし

328
神よとはにわかきまどひのあやまちとこ
の子の悔ゆる歌ききますな

329
湯あがりを御風《みかぜ》めすなのわが上衣《うはぎ》ゑんじ
むらさき人うつくしき

されば とておもにうすぎぬかつぎなれず
春ゆるしませ中《なか》の小屛風 330

しら綾に鬢の香しみし夜《よ》着《ぎ》の襟そむるに
歌のなきにしもあらず 331

夕ぐれの霧のまがひもさとしなりき消え
しともしび神うつくしき 332

もゆる口になにを含まむぬれといひし人
のをゆびの血は涸《か》*れはてぬ 333

秋

人の子の恋をもとむる唇に毒ある蜜をわ 334
れぬらむ願ひ

ここに三とせ人の名を見ずその詩よます 335
過すはよわきよわき心なり

梅の渓の靄《もや》くれなゐの朝すがた山うつく 336
しき我れうつくしき

ぬしや誰れねぶの木かげの釣床《つりどこ》の網《あみ》のめ 337
もる水色のきぬ

歌に声のうつくしかりし旅人の行手の村の桃しろかれな
338

朝の雨につばさしめりし鶯を打たむの袖のさだすぎし君
339

御手づからの水にうがひしそれよ朝かりし紅《べに》筆《ふで》歌かきてやまむ
340

春《はる》寒《さむ》のふた日を京の山ごもり梅にふさはぬわが髪の乱れ
341

歌筆を紅《べに》にかりたる尖凍《さきい》てぬ西のみやこの春さむき朝　342

春の宵をちひさく撞《つ》*きて鐘を下りぬ二十七段《だん》堂のきざはし　343

手をひたし水は昔にかはらずとさけぶ子の恋われあやぶみぬ　344

病むわれにその子五つのをとこなりつたなの笛をあはれと聞く夜　345

346
とおもひてぬひし春着の袖うらにうらみ
の歌は書かさせますな

347
かくて果つる我世さびしと泣くは誰ぞし
ろ桔梗《ききやう》*さく伽《が》藍《らん》のうらに

348
人とわれおなじ十九のおもかげをうつせ
し水よ石津川の流れ

349
卯の衣を小《を》傘《がさ》にそへて褄とりて五月雨わ
ぶる村はづれかな

350 大《おほ》御《み》油《あぶら》ひひなの殿《との》にまゐらするわが前髪に桃の花ちる

351 夏花に多くの恋をゆるせしを神悔い泣くか枯野ふく風

352 道を云はず後を思はず名を問はずここに恋ひ恋ふ君と我と見る

353 魔に向ふつるぎの束《つか》をにぎるには細き五つの御《み》指《ゆび》と吸ひぬ

消えむものか歌よむ人の夢とそはそは夢
ならむさて消えむものか
354

恋と云はじそのまぼろしのあまき夢詩《し》人《じん》
もありき画だくみもありき
355

君さけぶ道のひかりの遠《をち》を見ずやおなじ
紅《あけ》なる靄《もや》たちのぼる
356

かたちの子春の子血の子ほのほの子いま
を自在の翅《はね》なからずや
357

358 ふとそれより花に色なき春となりぬ疑ひ
の神まどはしの神

359 うしや我れさむるさだめの夢を永久《とは》にさ
めなと祈る人の子におちぬ

360 わかき子が髪のしづくの草に凝りて蝶と
うまれしここ春の国

361 結願《けちぐわん》のゆふべの雨に花ぞ黒き五尺こちた
き髪かるうなりぬ

罪おほき男こらせと肌きよく黒髪ながく
つくられし我れ
362

そとぬけてその靄《もや》おちて人を見ず夕の鐘
のかたへさびしき
363

春の小川うれしの夢に人遠き朝を絵の具
の紅き流さむ
364

もろき虹の七いろ恋ふるちさき者よめで
たからずや魔《ま》神《がみ》の翼《つばさ》
365

366
酔に泣くをとめに見ませ春の神男の舌の
なにかするどき

367
その酒の濃きあぢはひを歌ふべき身なり
君なり春のおもひ子

368
花にそむきダビデの歌を誦せむにはあま
りに若き我身とぞ思ふ

369
みかへりのそれはた更につらかりき闇に
おぼめく山吹垣根

370 ゆく水に柳に春ぞなつかしぎ思はれ人に
外ならぬ我れ

371 その夜かの夜よわきためいきせまりし夜
琴にかぞふる三とせは長き

372 きけな神恋はすみれの紫にゆふべの春の
讃《さん》嘆《たん》のこゑ

373 病みませるうなじに繊《ほそ》きかひな捲《ま》*きて熱
にかわける御《み》口《くち》を吸はむ

374 天の川そひねの床のとばりごしに星のわかれをすかし見るかな

375 染めてよと君がみもとへおくりやりし扇かへらず風秋《あき》となりぬ

376 たまはりしうす紫の名なし草うすきゆかりを歎きつつ死なむ

377 うき身朝をはなれがたなの細柱《ほそばしら》たまはる梅の歌ことたらぬ

378 さおぼさずや宵の火かげの長き歌かたみ
に詞あまり多かりき

379 その歌を誦《ず》します声にさめし朝なでよの
櫛の人はづかしき

380 明日《あす》を思ひ明日の今おもひ宿の戸に倚る
子やよわき梅暮れそめぬ

381 金色《こんじき》の翅《はね》あるわらは躑躅《つつじ》くはへ小舟《をぶね》こぎ
くるうつくしき川

382
月こよひいたみの眉はてらさざるに琵琶
だく人の年とひますな

383
恋をわれもろしと知りぬ別れかねおさへ
し袂風の吹きし時

384
星の世のむくのしらぎぬかばかりに染め
しは誰のとがとおぼすぞ

385
わかき子のこがれよりしは斧のにほひ美《み》
妙《めう》の御《み》相《さう》けふ身にしみぬ

清し高しさはいへさびし白銀《しろがね》のしろきほのほと人の集《しう》見し（酔茗の君の詩集に） 386

雁《かり》よそよわがさびしきは南なりのこりの恋のよしなき朝《あさ》夕《ゆふ》 387

来し秋の何に似たるのわが命せましちひさし萩よ紫苑よ 388

柳あをき堤にいつか立つや我れ水はさばかり流とからず 389

幸《さち》おはせ羽やはらかき鳩とらへ罪ただし
たる高き君たち
390

打ちますにしろがねの鞭《むち》*うつくしき愚か
よ泣くか名にうとき羊《ひつじ》
391

誰に似むのおもひ問はれし春ひねもすや
は肌もゆる血のけに泣きぬ
392

庫裏《くり》の藤に春ゆく宵のものぐるひ御《み》経《きやう》の
いのちうつつをかしき
393

春の虹ねりのくけ紐たぐります羞《はぢろ》ひ神《がみ》の
暁《あけ》のかをりよ
394

室《むろ》の神に御《み》肩《かた》かけつつひれふしぬゑんじ
なればの宵の一《ひと》襲《かさね》
395

天《あめ》の才《さい》ここににほひの美しき春をゆふべ
に集《しう》ゆるさずや
396

消えて凝《こ》りて石と成らむの白《しろ》桔《ぎ》梗《きやう》秋の野《の》
生《おひ》の趣《しゆ》味《み》さて問ふな
397

冬

歌の手に葡萄をぬすむ子の髪のやはらか 398
いかな虹のあさあけ

そと秘めし春のゆふべのちさき夢はぐれ 399
させつる十三絃よ

訳と鑑賞

松平盟子

●はじめに●

・本書は『みだれ髪』初版（明治三十四年八月十五日刊、発行所は東京新詩社および伊藤文友館）を底本とした。

・作品の下の通し番号のうち、「訳と鑑賞」で掲出された作品には番号に下線を付した。「訳と鑑賞」本文中、掲出歌の下の数字、引用短歌の上の数字は、いずれも通し番号である。

・初版本『みだれ髪』は誤植がかなり多い。著者名も鳳晶子とされている。が、本書では、明らかな誤植であっても初版の味わいを生かすため原文通りとし、本稿のあとに「誤植訂正表」を設けた。『みだれ髪』収載以前の初出時、また誤植が訂正された版である三版との対照の結果をこの訂正表で示した。

・本稿「訳と鑑賞」は『みだれ髪』三百九十九首のうちの七十首を抄出したものである。抄出の基準は、人口に膾炙した短歌であること、晶子らしい初期の表現・発想の特徴または問題点を備えていること、晶子の身辺や状況を知る手だてとなること、などによる。

・『みだれ髪』収載歌の初出はほとんど「明星」である。『みだれ髪』初出は百六首。ほかに「関西文学」「小天地」「文庫」「新潮」「星光」「白虹」「半秋」、書簡など。最古の作は「よしあし草」（明治33・4）の350「大御油ひひなの殿にまゐらするわが前髪に桃の花ちる」。

『みだれ髪』は明治三十四年（一九〇一年）六月中旬に晶子が上京して以来、与謝野鉄幹の編集により二ヶ月でまとめ上げられた歌集である。歌集体裁は「臙脂紫」「蓮の花船」「白百合」「はたち妻」「舞姫」「春思」の六章から成る、ゆるいテーマ別の非編年体である。

◎臙脂紫より（二十四首）

◆夜の帳《ちやう》にささめき尽きし星の今を下界《げかい》の人の鬢《びん》のほつれよ　1

【訳】夜の寝所でふたりが睦言《むつごと》を交わし尽くした、ここ星の世界。この同じ今、下界では恋に疲れた人たちが鬢のほつれもそのままにいるのでしょうね。

【鑑賞】恋に溺《おぼ》れる二人は、二人だけの世界に浸って、いつ尽きるともなく睦言をささめき交わしている。それも途切れたとき、ふと気づくのだ。ああ、私たちと違って、下界の人たちは世間のしがらみにまみれ、ままならぬ恋心に身をやつしているんだわ——。

以上のような歌意か。『みだれ髪』を飾る巻頭歌である。魅力的な一首だが解釈は難しく、従来さまざまな論議を呼んだ。「明星」の歌人たちが好んで使う「星」の意味が多様なためでもある。掲出歌は、『みだれ髪』が初出である点、『みだれ髪』刊行（明治34・8・15）少し前に晶子と鉄幹が夏の京都嵯峨に赴き選歌に努めたであろう点、それが七夕の時期と遠くない点などを踏まえ、日常を離脱した二人が恋の歓喜の絶頂にいる気分を詠んだ歌、と解したい。

◆歌にきけな誰れ野の花に紅《あか》き否《いな》むおもむきあるかな春罪《はるつみ》もつ子　2

【訳】歌に聞いてごらんなさい。いったい歌を詠む誰が、野に咲く花々のうちでも真っ赤な花を嫌うでしょう。赤い花こそ趣があるもの。同じように青春時代に恋の悩みを抱く人も、赤い花のように風情《ふぜい》があるのではないでしょうか？

【鑑賞】『みだれ髪』の巻頭二首目に置かれた歌。恋愛至上の強い肯定意識を読み取ることができる。一首のうちに歌、赤い野の花、趣、春、罪もつ子、と単語を詰め込みすぎた嫌いはあるが、恋に夢中になっている晶子の当時の収拾がつかない心理を代弁しているようでもある。「明星」（明治34・5）が初出。上京を間近に控えて不安も懊悩《おうのう》も大きかっただろう。それゆえ逆に恋の美しさすばらしさを主張し、古今和歌集以来の歌の王道である恋歌の伝統を全面に押し出し、恋する自分と恋を詠む行為を肯定したかったのではないか。「紅き」は恋心、「春」は青春、「罪」は煩悶《はんもん》を秘めた恋の意。隠語めいた用法は「明星」に多い。

◆髪《かみ》五尺ときなば水にやはらかき少女《をとめ》ごころは秘めて放たじ　3

【訳】長い長い黒髪を解いて水に放ったとしたら、やわやわと揺らぎ水に広がることでしょう。同じように柔らかく傷つきやすい乙女心ですもの、人には秘めて、決して明らかになんかするものですか。

【鑑賞】この世で柔らかいのは、なんといっても長い髪と乙女心。そう晶子は主張する。水に揺らぐ長い黒髪の美しさは映像的で、同時に若い女性の官能とナルシシズムを表すのにぴったりの素材でもある。古来、女性の長い黒髪は美女の条件の一つだった。晶子は自分の髪に自信があったためか、若さに任せてクローズアップする。362「罪おほき男こらせと肌きよく黒髪ながくつくられし我れ」も同趣。一尺は約三十センチ。五尺の髪はもちろん誇張表現。上句は「やはらかき少女ごころ」を導く序詞で、技巧の冴《さ》えが鮮やかだ。それにしても、乙女心は明かさないという言葉こそ実は羞恥《しゅうち》を含んだ誘いかけのポーズである。『みだれ髪』初出。

◆その子二十櫛《はたちくし》にながるる黒髪のおごりの春のうつくしきかな　6

【訳】その女性は二十歳、梳《くしけず》るたび櫛からまっすぐ流れるように黒髪が伝う、そんなことを誇らしく感じる青春時代の、ああ、なんて美しいのかしら。

【鑑賞】流れる黒髪の長さ美しさは、青春の奢《おご》るばかりに自信に満ちたひとときを象徴するものだ、そう晶子は言いたいのだろう。恐れをしらない若さの表出、といってしまえばそれだけだが、とかく女性は慎ましい装いと風情で謙遜《けんそん》し、そうして人と接するのが対世間への姿勢であり処世術でもあった明治期に、晶子のように堂々と、または手放しに自分の美意識を誇示することは、考えようによっては時代へのアンチテーゼだったともいえる。きらきら輝くアンチテーゼは必ずや若い世代の心を引きつける。『みだれ髪』刊行時の文学青年たちからの圧倒的な支持は、このきらきらした若い女性のエネルギー故《ゆえ》だったに違いない。39「ゆあみする泉の底の小百合花二十の夏をうつくしと見ぬ」も同趣。初出は「小天地」(明治34・8)。

◆臙脂色《えんじいろ》は誰にかたらむ血のゆらぎ春のおもひのさかりの命《いのち》 9

【訳】たとえて言えば臙脂色の私の心、それをいったい誰に語りましょうか。血が沸き立つばかりに揺らぐ青春のいまの情感と、燃えさかる私の命を抱きながら。

【鑑賞】臙脂色は、やや黒みを帯びた濃厚な赤色。熱い恋心と情熱を晶子はそんな色で表現したのだろう。『みだれ髪』に収録された六章のうち最初の章が「臙脂紫」。晶子の造語である。当時これ以上に刺激的かつ挑戦的な恋の色彩イメージは考えつかないといっていいほどの選択でもある。薄い桃色や淡い紅色ではない。求心力の強さにおいて、全身全霊の迫力において、晶子の恋は命がけという言葉そのものだったから、なんの衒《てら》いもケレン味もなく臙脂色でありえた。畳み込む三句以下の用法は『みだれ髪』に顕著な特徴といっていい。『みだれ髪』でこの一首に次ぐ10「紫の濃き虹説きしさかづきに映る春の子眉毛《まゆげ》かぼそき」も、熱い恋心を紫色に託した歌。しかし恋を語る女はまだ眉のあたりも薄い乙女だった。『みだれ髪』初出。

◆海棠《かいだう》にえうなくときし紅《べに》すてて夕雨《ゆふさめ》みやる瞳《ひとみ》よたゆき　13

【訳】海棠の木のもとへ、要もなく溶いた紅を捨てながら、夕べの雨を見やっているのです。瞳もけだるくなる思いで……。

【鑑賞】海棠はバラ科の落葉低木。庭木として植えられ、春には赤く鮮やかな花を開く。紅は絵の具の紅色とも口紅とも取れる。若い女の倦怠《けんたい》と喪失感が上句によく表れた作品。初出は「明星」(明治34・7)。「金翅《きんし》」七十五首という相当量の連作の一首で、背景の時期としては上京後の混沌《こんとん》とした日々から少し落ち着いてきたころまでかと想像される。11「紺青《こんじやう》を絹にわが泣く春の暮やまぶきがさね友歌ねびぬ」、31「春雨にぬれて君こし草の門《かど》よおもはれ顔の海棠の夕」、35「雨みゆるうき葉しら蓮《はす》絵師の君に傘まゐらする三尺の船」と一連をなす。画家の恋人を待つ若い女に成り代わり、やるせない心境を詠んだとも読めるが、初期の晶子にはこうした〈物語中のヒロインの成り代わり〉的作品が少なくない。

◆清水《きよみづ》へ祇園《ぎをん》をよぎる桜月夜《さくらづきよ》こよひ逢ふ人みなうつくしき　18

【訳】清水寺へ行こうと祇園を通り過ぎる、この桜咲く月夜。今夜すれちがう人はみな、なんて美しいのかしら。

【鑑賞】多作の晶子の歌の中でも、最も人口に膾炙《かいしや》された名歌。清水、祇園という地名から彷彿《ほうふつ》とするのは、京都の情緒をたっぷり湛《たた》えた美しい装いの男女や、なかんずく舞妓のあでやかな姿だろう。時は桜の見頃、しかも月夜。うっとりするばかりの舞台仕立てである。いくぶん上気しながらそぞろ歩く気分を、これほどロマンティックに詠み上げた晶子だが、これを発表した当時（明治34・5）は上京前の悶々とした心をもて扱いかねていた時期だった。煩悶の日々にあって、もともと憧《あこが》れていた京都を詠むことは、あるいは精一杯の心の逃避だったかもしれない。言葉を畳みかけんばかりに恋や青春を賛歌した作品より、はるかに若く瑞々《みずみず》しい命の漲《みなぎ》りを感じさせる一首である。なお桜月夜は晶子の造語とされる。初出「明星」。

◆経《きやう》はにがし春のゆふべを奥の院の二十五菩薩歌うけたまへ　20

【訳】お経なんてすこしも面白いものじゃないわ。いっそこの春の夕べ、奥の院に座っていらっしゃるたくさんの菩薩さま、私の歌を受けとってくださいませ。

【鑑賞】にがしとは、面白くない、楽しくない、といった意味に解した。初句切れは一般に強い印象を読者に与え、二句以下で初句を説明する場合が多い。ここでも「経はにがし」と言い放ったあとに、居並ぶ菩薩像へ向けて晶子は自分の歌を披露しようというのである。大胆奔放でいささかの挑発的な口調は、たとえば26「やは肌のあつき血汐にふれも見でさびしからずや道を説く君」、246「下京《しもぎやう》や紅屋《べにや》が門《かど》をくぐりたる男かわゆし春の夜の月」、また歌集『恋ごろも』所収「鎌倉や御仏《みほとけ》なれど釈迦牟尼《しやかむに》は美男におはす夏木立かな」に通じるものがある。お転婆娘《てんばむすめ》の軽口めいた自信はどこか微笑《ほほえ》ましい健康さがあって、大の大人や男を苛立《いらだ》たせるほどのものではない。そのあたりの微妙な呼吸を晶子は心得ていたといえる。初出は「半秋」第二号（明治34・2）。

◆みぎはくる牛かひ男歌あれな秋のみづうみあまりさびしき 25

【訳】水辺を牛を引きながら歩いてくる牛飼い男さん、あなたに歌がほしいものですね。秋の湖は静かで、あんまり寂しいんですもの。

【鑑賞】「経はにがし」の歌に通じる、小生意気な娘風の口調がここにも見える。「牛かひ男」ですぐに思い出されるのは、伊藤左千夫の「牛飼が歌詠む時に世の中のあたらしき歌大いに起る」。『左千夫歌集』巻頭のこの一首は制作年次未詳とされるものの、晶子の発表年次（「明星」明治34・10）以前の作とほぼ言える。そうであった上で、晶子がなにかの機会に左千夫の歌を読んだとしても、晶子はまだ堺に暮らしていた頃だから当然二人は面識がなかった。「牛かひ」は歌語として一般的でなく珍しい部類に入る。晶子がもし左千夫の歌を知らずに作ったのだとしたら、素材選択の段階での新奇を狙《ねら》ったことになるだろう。実景を詠んだというよりイメージが優先された、歌意も鮮明な歌である。

◆やは肌のあつき血汐《ちしほ》にふれも見でさびしからずや道を説く君　26

【訳】柔らかな肌の下を流れる熱い血潮、そんな若さと情熱に溢《あふ》れた私に触れようともしないで、寂しくはないんですか、世のありふれた道徳を説いてばかりいるあなたといったら……。

【鑑賞】情熱の歌人晶子の面目躍如ともいうべき代表歌。従来「君」には道学者、堺時代に晶子があこがれた文学青年・河野鉄南、そして鉄幹の三つの説があったが、現在では鉄幹説でほぼ定着している。明治三十三年八月に晶子は鉄幹と初めて会い、この時点で強く心惹《ひ》かれるようになっていたことから、「明星」発表年次の三十三年十月の段階で鉄幹以外の男性を対象にこのような歌は詠めるはずはない。同年九月の「明星」では、堺から帰京した鉄幹が病気との報を受け、373「病みませるうなじに繊《ほそ》きかひな捲きて熱にかわける御口《みくち》を吸はむ」を発表した晶子である。言葉とイメージの飛躍力飛翔《ひしょう》力の方が、現実をはるかに超えてしまうのだった。

◆春雨にゆふべの宮《みや》をまよひ出でし子《こ》羊君《ひつじきみ》をのろはしの我れ　38

【訳】春雨のふる夕暮れ、平安な御殿から迷い出てしまった子羊よ。それは今あなたを呪《のろ》わしく思う私自身なのでした。

【鑑賞】「迷える子羊」は恋の懊悩に心定まらぬ晶子自身を指すのだろう。そんな子羊は我知らず御殿にも匹敵する家を出て、恋人を求め彷徨《さまよ》うことになったのだが、今やその恋人も自分にとって呪わしい存在になった——。これはどういう内容を示すのか。上句全体が比喩《ひゆ》表現なので、晶子の身辺の状況から意を汲み取るほかない。ちゃんとした家の娘が恋の虜《とりこ》となって恋人のもとにやってきたのに、彼は女の気持ちを踏みにじった、の意で理解しておく。上京後、厳しい現実につきあたり、鉄幹に初めて憎しみを覚えたときの心境か。一方「子羊」を「君」の言い換えととると、上句の意味は逆転する。当時「明星」には西欧風雰囲気をよしとする気分が流行し聖書の語彙《ごい》もモティーフに使われた。「羊」はその一つ。初出は『みだれ髪』。

◆ゆあみする泉の底の小百合《さゆり》花《ばな》二十《はたち》の夏をうつくしと見ぬ 39

【訳】私がゆあみをする温泉の底には、小百合の花にも似たからだが沈んでいて、二十歳のこの夏を美しいなとの思いで見ているのです。

【鑑賞】若さゆえの恐れげのない、手放しの自己賛歌である。自然の山懐に抱かれて心くつろぎ、日常から解き放たれた歓びに浸るとき、若く健康な肉体は湯の中でいっそう白く輝くことだろう。ナルシスティックなだけでなく、女性性への強い誇りが晶子のうちにあるのを知るとき、彼女のこの漲《みなぎ》るエネルギーこそが詩歌の新時代を押し開いたのを実感するのだ。初出は河井酔茗宛書簡（明治34・3・2）。41「くれなゐの薔薇《ばら》のかさねの唇に霊の香のなき歌のせますな」も、身体を通しての女性性の肯定意識を見せる。紅色の薔薇の花弁を重ねたような美しく情熱を秘めた唇に、気韻《きいん》なき詞藻《しそう》は載せないように、との意。自分自身へ呼びかけたかの言い回しのうちに、生気溢《あふ》れる女性の肉体にはそれにふさわしい歌があってしかるべきとの晶子の高い理想が見える。

◆狂ひの子われに焔《ほのほ》の翅《はね》かろき百三十里あわただしの旅　50

【訳】恋に狂った女の私は、恋の焔でできた翅を羽ばたかせ、軽々と百三十里かなたのあなたのもとへ飛んでいく。ああ、このあわただしい旅……。

【鑑賞】四月下旬には上京と予定を立てていた晶子だったが、鉄幹の身辺は彼を中傷誹《ひ》謗《ぼう》する「文壇照魔鏡《ぶんだんしようまきよう》事件」（三月）が起こり、また内縁の妻・林滝野との離縁問題もすっきりせず、一月延ばしの状況が続いた。晶子はほとんど発狂せんばかりに懊悩《おうのう》し、ついに六月決行となる。一首は『みだれ髪』初出で、上京後の作であることは明か。地に足つかぬ以上の興奮と歓喜が読みとれる。ここまでは切迫していない時期の二人の間の距離の遠さを歌ったものに93「さびしさに百二十里をそぞろ来ぬと云ふ人あらばあらば如何ならむ」がある。初出は「明星」（明治33・12）。鉄幹の到来を待ちわびる心は、逆に鉄幹が寂しさのあまり遠距離も厭《いと》わず晶子に逢いにきたらとの想像を生み、胸ときめかせるのだった。

◆みだれ髪を京の島田にかへし朝ふしてゐませの君ゆりおこす　56

【訳】寝乱れた髪を島田に結い直した京都の朝、まだ寝ていらっしゃいと言ったあなたを、私はそっと揺すって起こすのです。

【鑑賞】島田は未婚の女性が結う髪型。みだれ髪はこのころから歌の中で晶子のトレードマークとなったようだが、ここではとくに京都・粟田山の辻野旅館で初めて二人が結ばれた翌朝であることが、なまめいた印象を与える。明治三十四年一月のことだった。きれいに結えた髪を男に見せたいという女心が詠まれたもの。ゆりおこす行為には、すでに他人行儀を越えた昵懇《じっこん》の雰囲気が漂う。集中に並ぶ54「ゆるされし朝よそほひのしばらくを君に歌へな山の鶯」、55「ふしませとその間《ま》さがりし春の宵衣桁《いかう》にかけし御袖かつぎぬ」も、この宿泊時が背景。身支度の余裕をもらった晶子のうきうきした心持ちや、鉄幹の着物を衣桁から下ろして引きかぶり一体感を確認する心境には、すでに愛の証《あかし》を得た女の強さが表れている。初出は「明星」(明治34・5)。なお55「かつぎぬ」は「かづきぬ」の誤植。

◆ほととぎす嵯峨へは一里京へ三里水の清瀧《きよたき》夜の明けやすき　66

【訳】ほととぎすが鳴いています。嵯峨へは一里、京の町へは三里の、ここ水の美しい清瀧は、(夏のことですから)夜も早々と明けてしまいます。

【鑑賞】声調の整った佳作。ほととぎすの声と水流の響きが夏の夜明けの空間をいっぱいに満たして、清涼感と広がりを感じさせる。清瀧は、現在では清滝。京都市右京区の清滝川と保津川の合流点あたりで、蕩々《とうとう》と流れる水流を見下ろす静かな山間。風光明媚《めいび》な地として旅館も少なくない。初出は「明星」(明治34・7)。時期的に晶子の上京後の作か。夏頃、鉄幹と嵯峨へ行ったことはほぼ確実とされるが、この一首は同時期、またはそれに先行すると想像される。晶子は一読して情景が彷彿とする色彩感豊かで映像的効果をもつ作品が得意だったが、ここでは地名がもたらすイメージと距離感、さらに聴覚も加わってたっぷりした立体感が出た。数詞の妙技とでもいったものを二十代初めに身につけているのはさすがである。

◆紫《むらさき》の理想《りさう》の雲はちぎれ〳〵仰ぐわが空それはた消えぬ　67

【訳】紫色をした「理想」そのものを示すような雲はだんだんちぎれてゆき、空を仰いでいる私の目の前で雲はとうとう消えてしまいました。

【鑑賞】晶子だけでなく「明星」の歌人たちは紫色に特別な思い入れを持っていた。鉄幹の詩歌集『紫』(明治34・4刊)は、まさしくタイトルに紫色への彼の美意識と価値観を託したものともいえる。それは同時に「明星」の中だけで通用する記号的役割をもつ語彙となった。すなわち「恋」を意味する色なのである。『みだれ髪』の最初の章が「臙脂紫」であることは計算と意図あってのことで、濃厚な恋の歌が章全体を占めることを暗示してもいる。掲出歌「紫の理想の雲は」の一首も、恋の理想をそっくり表したような美しい紫色の雲ということか。ところが雲はちぎれやまず、ついに消えてしまった。晶子の失意の裏にあるのはなにか。初出時（「明星」明治34・3）からして、恋愛が招く現実との対峙《たいじ》の厳しさか。といっても、この時点ではまだ気分的。

◆乳ぶさおさへ神秘《しんぴ》のとばりそとけりぬここなる花の紅《くれなゐ》ぞ濃き　68

【訳】乳房を押さえながら、私は性愛という神秘のベールをそっと蹴《け》りそこへ入ったのです。燃える心と体を包む愛の園。そこに咲く花の紅のなんと濃いこと。

【鑑賞】若い女性の官能のおののきと歓びを歌って、これほど鮮烈かつ瑞々しい歌は晶子以前にはない。「乳ぶさ」という語が目を射る美しさに感じられるのは、恋する男に全存在をかける女の高揚感がその身体を輝かせるからだろう。心と身が一体となって燃え、男にすべてを委ねた瞬間の天上の歓喜とでもいうべき感激が溢れる。初出は「明星」（明治34・3）。「神秘のとばり」を、からだを覆う衣、ととる見方もあるが、いまだ知らぬ性愛のベールとここでは取っておきたい。「花の紅ぞ濃き」は恋に燃える女の心身と、二人が味わっている濃密な世界の意。また40「みだれごこちまどひごこちぞ頻なる百合ふむ神に乳おほひあへず」では、清純な乙女に迫る恋人の一途《いちず》さに心身を開く瞬間のおののきが詠まれている。

◆なにとなく君に待たるるここちして出でし花野の夕月夜かな　75

【訳】なんとなくあなたに待たれている心地がして外に出ましたが、そこに見えたのはきれいな花の一面に咲く野原と、野原を照らす夕べの月でした。

【鑑賞】誰といってあてのない恋人ではあるけれど、ただ浮き立つような気分に誘われて外に出た宵の刻。花の咲く野原と夕方の月という取り合わせは、若い女性がいかにも好みそうなロマンティックな景色だ。実景でなく、漠然とした憧れが描いた心象風景ともとれる。初出は「新潮」（明治33・9）。旧暦では秋にあたり、雅語「花野」が花の咲く秋の野原の意であるところから、季節の設定は自《おの》ずから秋となる。晶子は同月の「明星」に76「おばしまにおもひはてなき身をもたせ小萩をわたる秋の風見る」を発表。憂愁にたゆたう心が映像的に詠まれている。二首に共通するのは、晶子の心の中に展開する理由のはっきり示されない気分の抑揚である。鉄幹に初対面した直後あたりの作か。

◆ゆあみして泉を出でしやははだにふるるはつらき人の世のきぬ　77

【訳】湯を浴びて浴槽を出た私の柔らかな肌、そこに触れるのは、辛《つら》い世間という衣なのです。

【鑑賞】「ゆあみ」する「泉」は山の温泉。俗界を離れた閑静な湯に浸る女の清らかさも、ひとたび俗世間に混じると汚され辛い思いをするという。しかし上句のナルシスティックな言い回しは、下句の対社会への詠嘆をあまり深刻なものとは感じさせず、むしろ若い女性なら誰でも抱きそうな一般的な感慨というにとどまる。初出は「明星」(明治33・10)。同号には「やは肌のあつき血汐にふれも見で……」がある。つまり同じ「やは肌」をめぐって、一方で道徳に縛られる男性を挑発し、一方で世間の目を気にする矛盾が見られるわけだが、結局この時点での晶子がさほど「つらき人の世」を深く受け止めてはいなかったことを意味するのだろう。鉄幹への恋もまだ現実味を帯びていない憧れにとどまる時期だった。なお掲出歌の「やははだ」は「明星」初出時も三版でも「わがはだ」である。

◆うすものの二尺のたもとすべりおちて蛍ながるる夜風《よかぜ》の青き　79

【訳】夏のうすものの着物から垂れる二尺の袂《たもと》。そこに止まっていた蛍が夜風に吹かれて滑り落ち、すうっと流れていきました。風が青く感じられる、この涼しい夜よ。

【鑑賞】晶子の歌は『みだれ髪』から始まって晩年まで変わらぬ特徴と個性を保ち続け

た。そのひとつが鮮やかな色彩感や映像感覚であり、もうひとつがロマンティシズムだった。この一首も同様。中振り袖ほどの長さの袂が風に軽く翻《ひるがえ》るようす、気づかぬうちに袂に止まっていた蛍が風に煽《あお》られて滑りおちてゆくようす、目を見張りながら蛍を目で追う少女のようす、透明感のある夜の空気、などまるでカラー映像のコマ送りのワンショットを見るかの印象である。上京後の生活を匂わせる86「小傘《をがさ》とりて朝の水くむ我とこそ穂麦あをあを小雨ふる里」も、朝の井戸水、穂麦の生き生きした青色、小雨がそれぞれ焦点の定まった画像イメージを重ね合い、全体として空間的な広がりを感じさせるのだ。こうした言葉が開く映像美の確かさは、晶子の資質を語る上で欠かせない。初出は『みだれ髪』。

◆このおもひ何とならむのまどひもちしその昨日《きのふ》すらさびしかりし我れ　81

【訳】私の胸に広がるこの苦しい恋の思いはいったいどうなるのかと戸惑っていたのは昨日まで。その昨日でさえまだ寂しいと感じる余裕がありましたが、今日はそれ以上にあまり寂しすぎて何も手が着かない私なのです。

【鑑賞】下句はやや飛躍した表現なので、意訳とした。上京前と上京後の心境の変化を詠んだものだろう。恋に燃える心があまりに激しくていったいどうなる我が身かと戸惑っているうちは、まだ鉄幹に逢えない寂しさを嚙《か》みしめていればよかった。けれども、やっとの決意で上京し逢えたと思ったら、肝心の鉄幹は自分を一心に待ち受ける状況にはなかった。「明星」同人たちは晶子に堺へ帰るよう再三勧め、実家からも帰郷を強く促す手紙が絶えない。別れたはずの前妻が嬰児《えいじ》を連れて鉄幹を訪ねることもあったらしい。そうした現実の不如意の前で悲嘆と孤独の淵《ふち》に突き落とされ、身動きできなくなった晶子なのである。『みだれ髪』初出。

◆おりたちてうつつなき身の牡丹見ぬそぞろや夜《よる》を蝶のねにこし　82

【訳】庭に下りたって、ぼんやり夢見心地の私は牡丹の花を見ていました。すると、思いもかけずこの夜、蝶は牡丹とともに寝ているのでした。

【鑑賞】晩春に近い温かい夜だったのだろう。なんということもなくうっとりした気分で庭に下り立った晶子は、夜闇に紛れることなく華麗な花を開かせている牡丹を見ていた。艶麗な情景である。しかしふと目を凝らすと一羽の蝶が牡丹の上に羽を休めている。こんなふうに夜を過ごす蝶を男にたとえ、牡丹に女の満ち足りて美しい姿を重ねたものか。濃厚な官能のゆらぎを湛えた一首。『みだれ髪』初出。上京後の不安定な環境下にあっても、蜜月の甘さを味わった心身がとらえた情景ということか。来ぬ恋人を待って悩ましい気持ちに浸る、そんな女に成り代わって詠んだ歌と解することもできる。夜の牡丹と蝶をモティーフにしての気分を詠んだ歌だから、あまり事実や現実に即した読みは必要はないだろう。

◆今の我に歌のありやを問ひますな柱《ぢ》なき繊絃《ほそいと》これ二十五絃《げん》 96

【訳】今の私に歌が詠めるかどうかなんて問わないでください。心の中にある琴の柱を失ってしまった細絃、二十五絃の細絃は、いまは鳴らせようもないのです。

【鑑賞】心からあふれるにまかせて歌を詠み、筆が躍ったこれまで。恋心が紡ぎ出す歌の数々はとどめようもなかった。なのに今の自分はとても歌が詠めそうもない。そんな悲観めいた心の状態を下句で説明した。普通の琴は十三絃。自分ならそれ以上の二十五絃の琴を弾けるほど豊かな歌心があり技巧も備わっているけれど、肝心の絃を張る琴柱《ことじ》がない、という。初出は「明星」(明治34・5)。上京予定を四月下旬としていたのに、延期するようにと鉄幹から手紙が来たころの作とすれば、逸《はや》る心が宙に浮いたままの苛立ちや、期待を裏切られた混乱と落胆とで、若い晶子はとても短歌を詠める状態ではなかったということだろう。したがって琴柱は精神的な支柱である鉄幹のこと。鉄幹からの歌の催促への応えか。上句は鉄幹への軽い揶揄《やゆ》も含まれるようにみえる。

◆人ふたり無才《ぶさい》の二字を歌に笑みぬ恋《こひ》二万年《ねん》ながき短き 98

【訳】私たち二人は「無才」の二文字を歌の中にみつけて微笑《ほほえ》みました。豊かに才ある私たちなのに……。才能だけでなく、私たちの恋も二万年もの長さを信じられるほど確かに感じられるのです。ただそれも考えようによって長いような、短いような……。

【鑑賞】難解な歌である。まず「無才」という二文字を短歌に見つけて笑む理由がわからない。「無」「才」という二文字がたまたま一首のうちにあったことに鉄幹と晶子のどちらかが気づき、「才能ある自分たちなのに、これではまるで才能がないかのようだね」といった手紙でのやりとりでもあったのか。鉄幹は己の詩人としての才能を信じ誇りを持っていたし、96「今の我に歌のありやを問ひますな柱《ぢ》なき繊絃《ほそいと》これ二十五絃《げん》」の歌から晶子もまた自分の歌才を疑っていない。次いで疑いないこととしてもう一つ、自分たちの恋がある。二万年も続きそうな二人の才と恋だが、長短はさて……。以上のように解しておく。高揚感のまま言葉が整理されずに並んだような一首。初出は「明星」（明治34・5）。

◎蓮の花船より（七首）

◆漕ぎかへる夕船《ゆふぶね》おそき僧の君紅蓮《ぐれん》や多きしら蓮《はす》や多き　99

【訳】夕方、漕ぎ帰る船に乗っていらっしゃる僧侶のあなた、池には紅の蓮が多いのでしょうか、それとも白い蓮が多いのでしょうか？

【鑑賞】現代から見ると、やや唐突な発想の歌。情趣ある夕暮れ時に、勤めを終えたあとなのか、僧侶がひとり寺に船で帰っていく。漕ぎ手はわからないが、焦点となっているのは僧侶。彼に向けて池の蓮の紅白はどちらが多いかと晶子は尋ねたのである。現代よりはるかに僧侶が人々の日常に近い存在としてあった時代だ。晶子は鉄幹に会う前、堺の覚応寺住職・河野鉄南に淡い恋心を抱いていた。鉄幹の父・与謝野礼厳も僧侶であり、鉄幹は少年時代に寺の養子となってもいる。晶子にとっては親しみを感じる職業だったか。船に乗るのが凜々《りり》しい風貌《ふうぼう》の若い僧侶であるとして、仏教にちなむ蓮花の紅白の多少を尋ねる中に込められたものは、軽口を装った無防備な異性への関心だ。26「やは肌の……」と詠む晶子の健康なコケットリーでもある。『みだれ髪』初出。

◆ひとつ筐《はこ》にひひなをさめて蓋《ふた》とぢて何となき息《いき》桃にはばかる　109

【訳】ひとつの筐に雛《ひな》一対をおさめて蓋をとじ、なんということもなく息をほっとつきそうになり……、ふと、桃の花に私の吐息が聞かれたのではと憚《はばか》られるのでした。

【鑑賞】雛人形を仕舞いながらの、ちょっとした心ゆらぎを詠んだ一首。女雛と男雛をいっしょに筐に納めて蓋を閉じるのは、毎年してきたことだった。なのに今年に限ってどきどきするような気分を味わっている。暗い筐に仕舞われた一対の雛たちのその後は？　秘密をのぞいてしまったようなときめきから、思わず漏れた吐息。そばに花開いていた桃に聞かれたかと、どぎまぎする晶子は、初々しく愛らしくもある。『みだれ髪』初出。この一首にとどまらず「蓮の花船」は「臙脂紫」に比べ全体に濃厚さはなく、素直な作風が少なくない。晶子の「明星」初期作品が十首以上あるからだろうが、読者の立場からするとややほっとする。おそらく『みだれ髪』編集段階で鉄幹が意図したのだろう。151「ながしつる四つの笹舟紅梅を載せしがことにおくれて往きぬ」もその一首。

◆のろひ歌かきかさねたる反古《ほご》とりて黒き胡蝶をおさへぬるかな　119

【訳】呪《のろ》わしく思う気持ちを詠んだ歌、それを何首も書き連ねた古い手紙をとって、たまたま目の前へ舞ってきた黒い蝶を押さえたのでした。

【鑑賞】晶子には『歌の作りやう』（大正4刊）という歌論書がある。同書には「私の初期の歌」として自歌自注がほどこされ、掲出歌については次のように書かれている。「私は陰鬱な家庭を憎んで居る。私を苦しめる保守的な俗衆を憎んで居る。私は呪はしい気分に満ちて居る。私は今たまたま黒い蝶の飛んで来たのを見て、あの蝶も憎いと云つて側にあつた歌の草稿で抑へた。呪咀《じゆそ》の歌に満ちた近頃の草稿である」。上京以来十年余が過ぎているが、郷里・堺には苦い記憶が多かったらしく、晶子の筆は生涯を通して辛辣《しんらつ》だった。一首の初出は「明星」（明治33・11）であることから、鉄幹と出逢い恋心を高めていった頃の心境。「のろひ」の詳細は不明だが、右の自解そのままとすれば「黒き胡蝶」は呪わしい気持ちの具体的な形であり、それを抑えるのは彼女を取り囲む現実への強い拒否感の表明だったということになる。その思いが激しいほど恋に賭《か》ける気持ちも深まったのだろう。

◆かたみとぞ風なつかしむ小扇のかなめあやふくなりにけるかな　125

【訳】あの日の形見と思い、あおいではその風にあの日を懐かしんでしまう私なのです。でもこの小さな扇も、要《かなめ》のあたりはすっかりゆるんでしまった……。

【鑑賞】「かたみ」とは、堺・浜寺での歌会で参加者が署名した記念の扇のこと。またその当日のこと。明治三十三年八月上旬、鉄幹は「明星」参加者拡大と宣伝のため、関西の文学青年たちと交流すべく堺へやってきた。このとき鉄幹、晶子、山川登美子は初めて顔を合わせたのだが、数度の対面のうちでも六日の浜寺歌会は特に印象に残ったらしい。当日出席した八人は八つの扇に署名し記念としたのである。晶子は鉄幹を一目見た瞬間から強く心惹《ひ》かれ、虜《とりこ》となっていった。その後、要があやうくなるまでに扇は何度も取り出されたのだろう。124「わが歌に瞳《ひとみ》のいろをうるませしその君去りて十日たちにけり」は、鉄幹が十九日に帰京したあとの率直な心情。上句に晶子の感動が託された。女は自分が理解されたと思うとき、好ましい男にのめり込むのである。初出は「小天地」(明治33・10)。

◆春はただ盃にこそ注《つ》ぐべけれ智慧あり顔の木蓮や花　135

【訳】青春は、美酒をひたすら杯に注ぐごとく、酔うばかりに堪能すればいいのですよ。そこにそうやって分別くさく花開かせている木蓮さん！

【鑑賞】木蓮は蓮に名称が通じる通り仏教をイメージさせる。晶子にはのちに「木蓮の落花ひろひてみほとけの指おもひぬ十二の智円」(歌集『舞姫』)がある。これに引き比べて考えると、木蓮の花の静かに咲くようすを「智慧あり顔」と擬人化したものか。木蓮を半ばからかい挑発しながら、一方で「春」つまり青春を謳歌《おうか》したと解する。20、50と同様、晶子の歌のパターンとしてしばしば見られるもの。つまり、受け売りの道徳観や女性の罪障をかざす仏教への漠然とした反感を、諭しや軽い揶揄のうちに表し、翻って青春性や女性性を誇示するというもの。郷里・堺の旧弊固陋《ころう》な土地柄への反発や、家庭・社会に見られるさまざまな矛盾への苛立《いらだ》ちを秘めた二十代前半の晶子の、精一杯の表現でもあった。134「わが春の二十姿《はたちすがた》と打ぞ見ぬ……」とは表裏をなす発想。初出は「明星」(明治34・7)。

◆御親まつる墓のしら梅中《なか》に白く熊笹《くまざさ》小笹《をざさ》たそがれそめぬ　157

【訳】ご両親をまつるお墓のあたりの白梅はことに白く見え、墓所周辺の熊笹や小笹がたそがれ始めた中で、ひときわ目に映るのでした。

【鑑賞】155「かしこしといなみていひて我とこそその山坂を御手に倚らざりし」、156「鳥辺野は御親の御墓あるところ清水坂《きよみづざか》に歌はなかりき」と三首は連作と解する。初出(「明星」明治34・5)も同じ。晶子の両親はこのころまだ健在。歌中の墓は鉄幹の両親のものである。鳥辺野は京都・東山区の清水寺から西大谷に通じるあたりで、平安時代には火葬場があった。明治三十四年一月、鉄幹と晶子が京都・粟田山で再会した折に晶子は鉄幹に伴われ彼の両親の墓参をした。このときの情景を歌ったものだろう。黄昏間近の薄明の中を漂う清々しい白梅の香りと冴《さ》えた色が彷彿《ほうふつ》とし、晶子の張りつめた思いが伝わってくる。74「人にそひて樒《しきみ》ささぐるこもり妻《づま》母なる君を御墓《みはか》に泣きぬ」も同じときの作。「こもり妻」に公表できぬ自分の立場を託し、その悲哀を噛みしめながら、ついに対面することない鉄幹の母へさまざまな気持ちを訴えたのだろう。

◆明くる夜の河はばひろき嵯峨の欄《らん》きぬ水色の二人《ふたり》の夏よ 162

【訳】夜が明けて、川幅の広い嵯峨・大堰《おおい》川《がわ》の欄干にもたれながら……、水色の衣を着た私たち二人の夏よ！

【鑑賞】晶子の上京後の歌で嵯峨を舞台に詠んだ作品は、ほかに14「水にねし嵯峨の……」、61「嵯峨の君を歌に仮せなの……」、299「くれなゐの扇に惜しき……」がある。どれも『みだれ髪』が初出。二人が晶子上京後の六月半ば以降、遅くとも八月上旬までの間に嵯峨へ行った可能性は強く、逸見久美著『新みだれ髪全釈』(平成八年、八木書店)では新資料「紅梅日記」を引きながら「事実と断定してもよいと思われる」とする。宿泊した翌朝の暁どき、まだ川霧のたちこめた大堰川の欄干に寄り添う二人は、涼しく流れる川水と同じ水色の着物を身につけ、溢《あふ》れる生気そのままにこれから始まる人生の夏を共有しているのである。もし嵯峨行きが創作であったとしても、当時の二人が満ち足りた心持ちでいる実感は紛れないものだった。

◎白百合より（七首）

◆月の夜の蓮《はす》のおばしま君うつくしうら葉の御歌《みうた》わすれはせずよ　175

【訳】あの月夜の、蓮池の欄干にたたずんでいたあなたは美しかった。蓮の葉裏に書き残したお歌を、私は忘れなんかしないわ。

【鑑賞】この歌の背景にあるのは、明治三十三年八月九日の大阪での夜。「住の江のみやしろ近くに傘かりし夜なり、片袖のぬるるわびしとかこちし夜なり。かたみに蓮の葉に歌かきし夜なり」（「明星」所収、美文「わすれじ」明治33・10）とあり、鉄幹から送られた歌「神もなほ知らじとおもふなさけをば蓮のうき葉のうらに書くかな」も記されている。晶子は雨夜から「月の夜」に舞台を仕立て替え、鉄幹の月に映える男ぶりを誉めながら、ときめきの忘れがたさを詠んだか。『みだれ髪』初出。ただ、当夜は山川登美子、中山梟庵《きょうあん》も同行し、登美子の歌に対し鉄幹は「蓮きりてよきかと君がもの問ひし月夜の歌をまた誦してみる」を送っている。「白百合」全体が登美子への献歌の趣があるところから、「君」を登美子ととる方がテーマ統一感はある。

◆おもひおもふ今のこころに分ち分かず君やしら萩われやしろ百合　178

【訳】私があなたを思い、あなたが私を思い、今の二人の心の中でどちらがどちらかなんて、もうわからない。あなたが白萩？ それとも私が白百合？

【鑑賞】相思相愛の男女の分別もつかないさまを歌ったように読めるが、ここでは晶子と登美子。「明星」ではお互いをしばしば雅号で呼び合った。白萩が晶子、白百合が登美子。それが混同したかのように詠んだ。二人は「明星」で出会い、鉄幹を師として仰ぎ憧れ、文学と短歌を純粋に愛することで意気投合した。双方にとって、生涯で最初のライヴァルであり、また一心同体の二人は双生児のような存在だったというのだろう。初出は「明星」（明治34・3）。ほかに、登美子の清楚《せいそ》で凛然《りんぜん》とした容貌《ようぼう》を愛《め》でた192「しろ百合はそれその人の……」、193「さはいへどそのひと時よ……」、愛情にも似た友情を確認した194「友は二十《はたち》ふたつこしたる……」、郷里へ帰った登美子への追慕の情を詠んだ197「かの空よ若狭は北よ……」。掲載はすべて同誌同月。回想の一連である。当時は登美子がすでに郷里・若狭で結婚したあと。晶子は鉄幹と京都・粟田山でこの年の一月に結ばれていた。

◆友のあしのつめたかりきと旅の朝わかきわが師に心なくいひぬ 184

【訳】いっしょに寝た友の足は冷たかったんですよと、旅に一晩を明かした朝、若い私の先生に何気なく言ったのでした。

【鑑賞】「友」とは山川登美子。明治三十三年十一月五日から六日にかけ、晶子、鉄幹とともに三人で京都・粟田山の旅館で一泊した翌朝のひとこまである。鉄幹は内縁の妻・林滝野の実家から離婚話を切り出された傷みを抱え、登美子は郷里での結婚話が決定し年内にも帰郷せねばならなかった。癒《いや》せぬ心を三人が共有し、解決のあてのないまま一夜を明かしたのである。183「次のまのあま戸……」は、雨戸を静かに開ける晶子を隣の部屋から鉄幹が呼び止めた意。眠りの浅い鉄幹だった。登美子の足が冷たかったとのさりげない言葉は、女二人が身を寄せ合って別れを惜しんだだけでなく、登美子の苦悩や悲哀を代弁して、しかもどこか生々しい。「わかきわが師」という言い回しに、その生々しさの微妙なニュアンスが反映する。精神的なつながりのうちにある身体への覚《かく》醒《せい》であろう。初出は「明星」(明治38・11)。なお、「いいひぬ」は「いひぬ」の誤植。

◆人の世に才秀でたるわが友の名の末かなし今日《けふ》秋くれぬ　189

【訳】この夜でひときわ才能が秀でている私の友の、そんな名声も、最後は悲しいことになりました。今日、そうして秋も暮れてしまいました。

【鑑賞】才とは歌の才能のこと。登美子は「明星」の誰もが認める才能と名声を持ちながら、実家の意向に従って結婚することになった。しかしそれがどうして「末の名かなし」なのか。結婚に託された意味が、現代と違うことに留意しなければならない。結婚は当時、家どうしの結びつきがすべてに優先されるものだった。一般に女性の場合、結婚前は娘として両親の意向に従い、結婚後は夫や舅姑《しゅうとしゅうとめ》に妻・嫁として仕える生き方しか許されなかった。そんな時代にあって、短歌はふつう趣味や嗜《たしな》みの領域内にあるもの。許可を得てする作歌だった。ところが「明星」は個人の自由や個性を重んじ、恋愛至上を文学の価値の上に求めた。それは明治の家父長制へのアンチテーゼに等しい。登美子の結婚は、つまり文学としての短歌を放棄し才能を埋没させることを意味するのである。 初出は「明星」(明治33・11)。

◆星の子のあまりによわし袂《たもと》あげて魔にも鬼にも勝《か》たむと云へな　190

【訳】「明星」の私たちはみな星の子。その一人であるあなたなのに、あまりにもよわいんですね。袂を上げてこの世の魔にも鬼にも勝とうと言ってください!

【鑑賞】現代の感覚からすると、いくら文学的理想を共有する同行の仲間といっても、自分たちを「星の子」と呼ぶのは面映《おもは》ゆい。しかし明治の浪漫主義が最高潮だったころは、そうした言葉こそが若い世代の仲間意識を高め、ムードを作り、自負と歓びを実感させたのだろう。「明星」という名の機関誌に集う者たちはみな「星の子」なのだった。この一首は、晶子が登美子に贈った歌。初出は「明星」(明治33・11)。登美子が結婚することになり、短歌をもう続けられないのではと悲嘆に暮れたのに対して晶子が精一杯励ました、と解したい。「魔」「鬼」は抽象的だが、自由や恋を束縛し圧殺しようとする家父長制や保守的な結婚制度など、彼女たちにとっての桎梏《しっこく》すべてを指すのだろう。191「百合の花わざと魔の手に……」もほぼ同趣旨。「百合の花」は登美子。

◆その血潮ふたりは吐かぬちぎりなりき春を山蓼《やまたで》たづねますな君　195

【訳】あのときの熱い思いは、もう二人の話題にはしない約束でした。秋に咲く山蓼の花を春になったいまに至っても訪ねる、なんてことはしないでくださいね、あなた。

【鑑賞】初出は「明星」（明治34・5）。鉄幹は同名の詩「山蓼」を「明星」（明治33・11）に発表したが、同月に「小生の長詩七種中の長酔一篇は髪乱し玉へる君の為に山蓼一篇はかの足冷たかしり人の為に」と、晶子宛ての書簡で鉄幹が書き送っているところから、山蓼が登美子と判断される。鉄幹をめぐって晶子と登美子がバランスをとりながら憧れた時期は過ぎ、登美子はすでに人妻。そして晶子は恋の勝利者となった。しかしその後も登美子の話題を上らせる鉄幹に、晶子は登美子への同情以上に穏やかならぬ心境になったのだろう。諭すような口調のうちに、きっちり釘を刺した一首。207「山蓼の……」は、晶子上京後の歌。紅梅に山蓼より薄い色に咲くよう命じつつ、登美子への優越感をほのかに匂《にお》わせたかのようだ。

◆京はもののつらきところと書きさして見おろしませる加茂の河しろき　200

【訳】京都はなにかにつけて辛い気持ちにさせるところです、と途中まで書きかけて、じっと見下ろしていらっしゃるあなた。眼下の加茂川は白々としています。

【鑑賞】鉄幹が紙に筆で「京はものの……」と書きかけ、沈黙したまま賀茂川を見下ろしているようすを、晶子が見つめているという構図。初出は「新潮」(明治34・4)。この年一月に鉄幹・晶子が粟田山で再会したおりの感慨か。同じ辻野旅館に前年十一月、登美子を交えて三人で一泊したことを踏まえ、鉄幹が登美子を偲《しの》び思わず心情を吐露した、と晶子が理解した趣旨の歌。ただし粟田山から賀茂川は遠いのでフィクションが混じるか、または賀茂川近くで小休した折のことか。彼女の嫉妬《しっと》まがいの心境と察せられるのは、初出が同誌発表の201「恨みまつる湯におりしまの一人居を……」、202「秋の衾《ふすま》あしたわびし身うらめしき……」を読み合わせてのこと。201は、晶子がひとり湯に入っている間、鉄幹は一人で部屋にいたまま歌を詠むこともなく物思いに沈んでいた。自分ではなく登美子のことを考えていたのでは、という歌意。202は、昨秋は侘《わ》びしくこの春は恨めしい気持ち、という。昨秋も今春も登美子を意識しないでいられないのは晶子自身の方だった。

◎はたち妻より（十首）

◆淵の水になげし聖書を又もひろひ空《そら》仰ぎ泣くわれまどひの子　(215)

【訳】深々と淵なす水に投げた聖書を、また拾い上げ、空を仰ぎながら泣く私。私はやはり心惑える人の子なのでした。

【鑑賞】晶子の言う聖書が旧約か新約かで解釈が異なってくるだろうが、仮に両方であったとしておく。十戒を畏《おそ》れ、神の御心に従う清らかで慎ましい生き方を求める聖書を長く心の糧《かて》としていた。しかし悩める心は少しも救われず、一度は聖書を捨てた。ところがまたしてもそこにしか救いが見いだせないと思い直した、というのが趣旨だろう。下句から晶子の激しい懊悩がうかがわれる。初出は「明星」(明治34・3)。鉄幹と結ばれた歓びとは裏腹に、師といっても先行きが不透明な妻帯者との恋愛、封建的な家庭に育った娘がもつにしては大きすぎる両親への秘密に、晶子は心のバランスを喪失しかけていたのだろう。関連語として、213の「みちびき」「聖歌」、216の「聖書だく」、323「終の十字架」など。晶子は少女時代から聖書に関心をもっていたという。

◆君さらば巫山《ふざ》の春のひと夜妻《よづま》またの世までは忘れゐたまへ　220

【訳】あなた、さようなら。巫山で見た春の一夜かぎりの夢だったと、その夜かぎりの妻であったと、私のことは来世までお忘れになっていてくださいね。

【鑑賞】「巫山《ふざ》」はルビが「ふざん」の誤植であったと「明星」十五号で訂正。巫山は中国の四川《しせん》・湖北両省の境にある名山。揚子江が山中を貫流して巫峡を形成する。楚《そ》の襄王《じょうおう》が夢の中で神仙女と契りを結んだとの故事があり、この世ならぬ霊妙な男女の情交を「巫山の夢」という。「ひと夜妻」はふつう遊女や芸妓との契りを指す。この一首の原型は、晶子から鉄幹に宛てた書簡中の「君さらば粟田の春のふた夜妻またの世まではわすれ居給へ」(明治34・2・2)。『みだれ髪』収録にあたり事実を朧化させるため改作したのだろう。当時の制度としての結婚は、婚姻以前の男女の関係を道徳的に規定していたから、晶子の改作は無難な選択だった。下句については字句の違いはあるが共通。鉄幹に、これっきりで忘れて欲しいという内容だが、激しい恋の渦中にあっての混乱や苦悩が吐かせた言葉か。

◆むねの清水あふれてつひに濁りけり君も罪の子我も罪の子　228

【訳】胸に湧く清水のように恋心はあふれ出て、この世に溢れ出るままついに濁ってしまいました。あなたも私も恋という罪もつ人間なのですね。

【鑑賞】「罪」は晶子の場合、恋心を意味する。『みだれ髪』中の特徴をなす言葉でもあるが、2「……春罪もつ子」のように比較的軽く使われる場合と、ここでの「君も罪の子我も罪の子」や293「……罪の子が狂ひのはてを見むと云ひたまへ」のように混沌とした激情を内包した重い意味で使われる場合とがある。純粋で清らかな恋の「むねの清水」が、やがて現実の前で否応《いやおう》のない悩み深さを抱え込む。それを鉄幹と晶子は共有し、なすすべもなくついに途方に暮れてしまったという。初出は「明星」（明治34・1）。前年十二月には登美子が郷里へ戻り、一方で鉄幹・晶子の恋は手紙のやりとりのうちにプラトニックな域を超える予感を帯びていったのだろう。恋愛はしばしば、直接対面するより手紙などの間接的な方がいっそう高まるものである。

◆夕ぐれを花にかくるる小狐のにこ毛にひびく北嵯峨の鐘　234

【訳】夕暮れ時となって、花咲く下に隠れた小狐。そのやわやわとした柔毛《にこげ》を震わせるように響く北嵯峨の鐘の音よ。

【鑑賞】一幅の日本画を見るような美しく幻想的な光景である。夕暮れどきのあてどなく情趣あふれる時刻、花々が薄明に色を溶かした野原、そこに小さくうずくまった狐の愛らしさ、北嵯峨という地名のもつ閑寂な雰囲気、鐘の音がイメージさせる空間的広がり、小狐の柔毛を震わせるかの鐘の響き。それらがひとつひとつ醸し出す情感の重なりは、統一感ある歌世界を構成してゆるぎない。晶子の名歌のひとつとされる所以《ゆえん》だろう。

初出は「明星」(明治34・1)。恋に溺れて乱れる心を詠むかたわら、こうしたロマンティックで童話的ともいえる情景を描ける晶子は、やはり非凡というべきだろう。イタリアの壁画やラファエル前派の絵画を彷彿とさせるのが、381「金色《こんじき》の翅《はね》あるわらは躑躅《つつじ》くはへ小舟こぎくるうつくしき川」。金色の羽を背負ったキューピッドが登場する。

◆胸と胸とおもひことなる松のかぜ友の頬を吹きぬ我頬を吹きぬ　236

【訳】友の胸と私の胸はそれぞれ思いは異なっていて……、折しも吹く松風は友の頬を吹きました。私の頬を吹きました。

【鑑賞】初出は「明星」(明治34・1)。時期からいって、友は別れた登美子を指すと想像される。八月の初対面から丸三ヶ月、歌と恋のライヴァルとして睦《むつ》び合い張り合ってきた二人の若い女性が、突然その関係性を変えねばならなくなったとき、二人は初めてお互いの間を吹き抜ける風を意識することになった。ざあざあと鳴る松風は二人の頬を吹くばかりではない。それぞれの胸の内の別々な思いへ吹きつけて、思いの違いを際立たせた。しかしこの一首を発表してから二ヶ月後、晶子はこんな歌を詠む。292「その友はもだえのはてに歌を見ぬわれを召す神きぬ薄黒き」。結婚後の登美子は悩んだ末に作歌を続けることを決意した。晶子の上京を促し迎えようとしている鉄幹は、すでに愛情が晶子だけに注がれ、登美子のそんな知らせにもほとんど動じないとの歌意か。鉄幹と結ばれたばかりのころの晶子の優越感である。

◆野茨《のばら》をりて髪にもかざし手にもとり永き日野辺に君まちわびぬ　237

【訳】野バラを折って髪に飾ったり手にとったり、春の永い一日を野辺に過ごし、あなたを待ちわびていました。

【鑑賞】初々しく華やいで、少しせつない乙女心がロマンティックに表された。初出は「明星」（明治33・6）。「明星」に初めて歌を掲載したのはその前号。まだ鉄幹に会う前の、河野鉄南に手紙を送っていたころのこと。その意味では確たる実体のない恋人である。当時の晶子の生活環境からすれば、野バラを折ってひねもす来ぬ恋人を待つ状況にはなかった。駿河屋の店番や帳簿付けなど商家の娘としての勤めを果たし、一人で外出するときはおそらく家の許可を得なければならなかっただろう。『みだれ髪』収録の「明星」同号作品は、154「小百合さく……」、349「卯の衣を……」、350「大御油……」、368「花にそむき……」。こうした歌世界を見た上で、鉄幹に会って以降の晶子の飛躍がいかに大きかったかを知るとき、晶子にとっての鉄幹の存在意義は明らか。満を持して果実が一挙に実り、濃厚な香りを立て始めたのである。

◆下京《しもぎやう》や紅屋《べにや》が門《かど》をくぐりたる男かわゆし春の夜の月　246

【訳】京都下京の、紅屋の門をくぐったひとりの男。そのかわいさったら……。この春夜の月の照るしたで。

【鑑賞】当時、京都の下京あたりは町家が軒を連ねていた。紅屋は口紅や頬紅など化粧用の紅問屋のこと。その門を夜くぐる男といったら、商用というより玄人筋の女への贈答と取る方が自然か。あだっぽいほどの舞台仕立てである。18「清水《きよみづ》へ祇園《ぎをん》をよぎる……」から二ヶ月後の「明星」(明治34・7)が初出。発表は前後するが京都の春の夜をモティーフにした連作とも読める。佐藤春夫は『みだれ髪を読む』(昭和34)で「大衆的な俗な」「わたくしは全く賛成できない。道具立てがあまり揃《そろ》いすぎていることが賤《いや》しく俗なのである」と酷評した。しかし晶子は、もともとこうした通俗ぎりぎりまで下りることができる歌人である。26「やは肌の……」を始め、エロティシズムの聖と俗の両極を往還し、双方において煌《きら》めく作品を残しえた人だった。

◆くろ髪の千すぢの髪のみだれ髪かつおもひみだれおもひみだるる　260

【訳】私の黒髪の、千筋もの豊かな髪の、みだれ髪よ！　思い乱れるたびごとに、さらに乱れる私の心よ！

【鑑賞】上句の、髪をめぐり三様の言い回しで畳みかける表現方法は効果的。豊穣《ほうじょう》な黒髪がうねりつつ乱れるイメージは美しく、狂おしく、官能的でさえある。そんな髪に託して晶子の心を映しだしたのが「かつおもひみだれおもひみだるる」。惑乱と狂気のはざまで恋心にのたうつ若い晶子のすべてが言い尽くされ、これ以上どんな言葉をもってしても的確ではないといった迫力がある。悦楽や歓喜の激しさではない。満身創痍《そうい》の心の傷みにようやく耐えながらも、恋を命がけで守り通そうとする女の全身全霊を賭けた歌なのである。『みだれ髪』初出。263「『あらざらき』その後の人のつぶやきし……」も晶子上京後の歌。恋は夢のようなものではないと鉄幹が呟くほど現実は厳しく、その言葉にもまた打ちのめされる晶子だったが、彼女にとっては永久に匹敵する美しい夢であるべき恋なのだった。

◆そら鳴りの夜ごとのくせぞ狂《くる》ほしき汝《なれ》よ小琴《をごと》よ片袖かさむ（琴に）276

【訳】夜になるとしぜんに鳴り出す、そんな癖のついてしまった、狂おしいばかりのおまえよ、小さな琴よ！　せめて私の片方の袖を貸してあげましょう。

【鑑賞】空鳴りする小琴は、恋の懊悩に身もだえる晶子自身。しかしその激情を受け止めるべき鉄幹は、「明星」の若い弟子たちに晶子を帰郷させるよう責められたり精神的に参り、はては晶子をもて扱いかねるまでになった。ところが晶子は違う。まず心が飢えていた。そして性愛の甘美さを知った若い身体は、このときはっきり己の欲情を自覚した。それは恋する対象への健康な欲求であるばかりでない。乾いた心を潤わせ安らがせてほしい切実な欲望でもあった。「片袖」を貸す、は古典和歌の男女の同衾《どうきん》スタイル。小琴に慰めを与える晶子は精一杯の自愛。掲出歌は277「ぬしえらばず胸にふれむの行く春の小琴とおぼせ眉やはき君」と対をなす。愛への飢餓感に苛《さいな》まれる小琴が、ついに相手かまわずその胸に抱かれたいと表白した意。琴に仮託してはいるが、二十代前半の女性の大胆な告白歌といえる。初出は二首とも『みだれ髪』。

◆夏やせの我やねたみの二十妻里居《はたちづまさとゐ》の夏に京を説く君　296

【訳】夏やせをした私は、妬《ねた》みをもつ二十歳の新妻。渋谷の里にこの夏を暮らしながら、京都での私の嫉妬《しっと》をあれこれ説き聞かせるあなたなのです。

【鑑賞】次の297「こもり居に集の歌ぬく……」とともに「ねたみ」の若妻を詠みながら、同時に夫との仲睦まじさを匂わせている。「はたち妻」の章の最後に置かれた二首であり、それによって晶子と鉄幹の恋の勝利宣言を聞くようにも受けとめられる。夏やせした細身の新妻にはまだ慣れない生活のいたわしさが漂い、同時に晶子のナルシシズムが窺《うかが》える。「ねたみ」の具体的な内容は「京」での二人の会話にあったらしい。61「嵯峨の君を歌に仮せなの朝のすさびすねし鏡のわが夏姿」を受けて考慮すると、晶子は住まいのある渋谷に帰ってからも同じ妬みを鉄幹に訴えたという意味か。すでに何人かの女性との過去がある鉄幹に対し、初めて具体的な嫉妬を覚えたものか。ただし、297「こもり居に……」に見る歌集編纂時の様子と「二人うつくしき」の断言から深刻さは感じられない。幸福の絶頂期である。初出は『みだれ髪』。

◎舞姫より（二首）

◆四条橋《ばし》おしろいあつき舞姫のぬかささやかに撲《う》つ夕あられ 305

【訳】四条橋を白粉を厚くぬった舞姫がわたっていきます。その額を、ささやかではありますが夕暮れの霰《あられ》が冷たくうちつけるのです。

【鑑賞】若い京都の舞妓と芸妓になりかわって、その境涯や心情をドラマ性をもたせつつ情緒ゆたかに描いた一連中の一首。下句の具体的でこまやかな描写がリアリティを生んだ。晶子は平安朝女流文学に子供のころから親炙《しんしゃ》し、京都という町の情趣や高い美意識への憧れを持ち続けていた。明治の当時において平安時代に通う美的で日常を超えた世界といえば、舞妓・芸妓たちの世界しかないと晶子は思ったのだろう。またそうした非日常のドラマの主人公に一度はなってみたかった晶子にとって、短歌こそその夢を叶《かな》える仮象空間だった。そして晶子の資質として生来ある鮮やかな色彩感覚と映像的把握は、こうしたテーマの明確な設定でかなり生かせるはずだった。初出は「明星」（明治34・1）。この一連は同年一月発表分がもっとも多く、全二十二首中の十四首。

◆そのなさけ今日舞姫《まひめ》に強《し》ひますか西の秀才《すさい》が眉よやつれし　319

【訳】その切々とした心情を今日、舞姫に伝え、くどこうというのですか。関西の秀才といわれる男も眉のあたりが窶《やつ》れて見えるのです。

【鑑賞】舞姫に一方的な恋をした男は、関西地方でも知られた優秀な人だった。ところが舞姫は普通の女と違って、恋の告白をされても受け入れることも靡《なび》くこともできない。そういう職業なのだ。この一首から舞姫の感情を読み取ることはできず、むしろ男の必死な思いが前面に表された。男の前で心を開かない女、男を跪《ひざまず》かせる女が描かれていることをどう理解したらいいのか。穿《うが》ってみれば、恋に翻弄《ほんろう》された晶子の精一杯の復讐《ふくしゅう》の形ととることはできないか。318「よそほひし……」は着飾った舞姫をモデルに据えて日本画を描く絵師になりかわっての一首。厳しい修業に耐え、掟《おきて》に泣き、悲喜こもごもの感情に揺らぎながら成長する舞姫は、その美しさを誇りに生きられる女である。初出は『みだれ髪』。

◎春思より（二十首）

◆いとせめてもゆるがままにもえしめよ斯くぞ覚ゆる暮れて行く春 320

【訳】せめてせめて、心燃えるままに燃えさせてください。こんな風に思われるこの暮春なのです。

【鑑賞】「春思」の章の冒頭歌である。「明星」（明治34・7）が初出なので、上京直後の作か。郷里・堺にあっては、家族や店の使用人の目を憚《はばか》って、何気ない風を装っていなければならない。鉄幹との手紙のやりとりも頻繁だったろうから、何かと気遣いも要《い》る。狭い土地ゆえの世間の噂《うわさ》も恐ろしかった。幼いころから我慢強く育てられ、表だった反抗もせず成長した晶子の、初めての反乱だったかもしれない。制約だらけの中で恋心を抑え込むのはもう限界、燃えるままに燃えたい。そんな叫びを胸に東京の鉄幹のもとへやってきた晶子の、全身を震わせんばかりの悲願が一首に託された。「暮れてゆく春」という語にも熟し切った心身のありようがうかがわれる。奔放という以上の、懸命な命の迸《ほとばし》りといった印象である。もう後戻りできない所に来た晶子だった。

◆春みじかし何に不滅《ふめつ》の命ぞとちからある乳を手にさぐらせぬ 321

【訳】青春は短い。どうして不滅の命なんてあるものですか。命あるものはいつか必ず衰えていく。今このときがすべてなのよ……。そんなふうに思って、若い力の漲《みなぎ》る私の乳房をあなたの手にさぐらせました。

【鑑賞】性愛をこれほどまで能動的な行為のうちに描いた女性は、晶子以前にはなかった。恋する真髄は男女の全き性愛への参加にある、とでも言いたげな強靭《きょうじん》な主張である。晶子は自分の容貌にあまり自信はなかったようだが、長く豊かな黒髪と肌の白さと豊満な胸はまんざらでもなかったらしい。ほかに性愛の場で乳房を登場させた歌に、有名な68「乳ぶさおさへ……」がある。当時の読者に与えた衝撃はかなり大きかったようだが、晶子自身は人を驚かそうとしたわけではなかっただろう。そこまで表現しなければ、心も体も薙《な》ぎ倒す凶暴なまでの恋の暴風雨を自分の内に回収できない、その切実な欲求に従っただけなのに違いない。初出は「明星」(明治34・5)。

◆そのはてにのこるは何と問ふな説くな友よ歌あれ終《つひ》の十字架 323

【訳】最後に残るのは何かなんて、私に問わないでください、またあれこれあなたの現状を説明しないでください。友よ、ただ歌ってください。それがあなたが死ぬまで背負った十字架なのですから。

【鑑賞】初出は『みだれ髪』。友が誰かは明らかにされていないが、これほど歌への拘《こだわ》りを見せ、十字架を背負った存在として詠み続けることを勧め励ます相手としては、登美子以外ないのではないか。登美子は結婚後「明星」に明治三十四年中は三月、十一月、十二月と三度しか発表していない。292「その友はもだえのはてに歌を見ぬ……」が三月なので、晶子と事前に手紙のやりとりはあったのだろう。気の進まない結婚ではあったが、その生活の場が夫の仕事の都合で東京に始まり、実質的に晶子と近くなった。双方の日常も比較的よく知り合えたと想像される。ミッションスクールの梅花女学校を卒業した登美子にちなみ、短歌との宿命的な関わりを「十字架」といったものか。

◆きのふをば千とせの前の世とも思ひ御手なほ肩に有りとも思ふ　326

【訳】昨日を千年も前の世のことのように思い、いいえ、あなたの手がいまなお私の肩に乗っているようにも思います。

【鑑賞】初出は「明星」(明治33・11)。鉄幹、登美子と京都・粟田山で宿泊したおりの記憶を詠んだものか。会話を交わしながら、または風景を眺めながら、さりげなく晶子の肩に鉄幹の手が置かれたのだろう。その瞬間の心肝震えるほどのおののきとときめき。着物を介したところで掌の温もりは確実に晶子の肩に伝い、それは肩から全身に広がり、彼女は息が止まりそうになっただろう。身体は具体を伴うだけに、ときに精神を超える。身体への刻印はそれがいくら淡いものであっても情感の滾《たぎ》ちの発火点となるのだ。感受性の際立って鋭敏な処女の晶子がキャッチした〈永遠の一瞬〉である。のちに晶子は歌集『夢之華』(明治39刊)で「わが肩に春の世界のもの一つくづれ来《こ》しやと御手を思ひし」と詠む。男の手はかくエロティックな小道具となる。

◆湯あがりを御風《みかぜ》めすなのわが上衣《うはぎ》ゑんじむらさき人うつくしき　329

【訳】湯上がりに「お風邪を召しませんように」といって、私は自分の羽織をその人に掛けて差し上げました。その臙脂紫の色をまとった人の、なんて美しいのかしら。

【鑑賞】臙脂紫は濃厚、艶麗な色であるだけでなく、激しい恋を意味する色でもある。そんな色の羽織をかけやる対象は女性というより男性、すなわち鉄幹だろう。「人うつくしき」と臆面もなく言い表すところが、晶子らしいといえる。初出は「明星」(明治34・5)。その年一月の粟田山再会の折の記憶かもしれないが、演出性が感じられるところからフィクションのようにも読める。鉄幹には「酒すぎぬ風ひくなとてわがかけし羽織のしたの人うつくしき」(「関西文学」明治33・11)があり、主客を逆転させて半年後、晶子は「湯あがりを……」を発表。二人はお互いの発表歌をよく知っており、しばしば呼応をなす作品を詠む。また「明星」同号には330「さればとて……」、331「しら綾に……」、332「夕ぐれの……」も掲載され、いずれも男女の情趣が甘美に、いくぶん余裕ありげに描かれている。

◆もゆる口になにを含まむぬれといひし人のをゆびの血は涸《か》れはてぬ　333

【訳】恋に燃える私の口に、いったい何を含んだらいいのでしょう。唇に塗りなさいと言ったあの人の小指の血はいま塗ろうにも、もう涸れ果ててしまったのに……。

【鑑賞】「明星」（明治33・12）が初出。鉄幹には「京の紅は君にふさはず我が嚙みし小指の血をばいざ口にせよ（晶子の許へ）」（「明星」明治33・9）があり、明らかにこれへの返歌とわかる。鉄幹は発表当時、まだ晶子と数度対面したのみ。短歌での恋の誘いかけが微妙に真実性を帯びはじめ、十一月の登美子を含めた粟田山宿泊へと加速していった。晶子の歌は「紅の代わりに小指の血を塗るようにといったあなたの言葉に従って塗りましたのに、いつのまにかその小指の血は涸れ、私の塗るべき紅はなくなった」、つまり途切れた恋への恨みを詠んだ。恨みのポーズの歌だろう。翌三十四年五月に晶子は登美子が小指を裂いて血を流したの意味の206「京の水の深み見おろし……」を発表。大仰な身振りを伴った表現のうちに、明治浪漫主義はそのエネルギーを充塡《じゅうてん》していくのである。

◆人の子の恋をもとむる唇に毒ある蜜をわれぬらむ願ひ　334

【訳】迷い多い人間が甘さだけを欲しがって恋を求めるなら、私はその唇に毒の入った蜜を塗ってあげましょう。そんな願いをもっています。

【鑑賞】サディスティックな意味合いを帯びた一首。恋をするなら歓喜も苦痛も両方味わわなければならないと、突き放した口調で詠んだもの。晶子の恋の歌を「明星」の誌面で読んだ読者が、羨《うらや》んだり皮肉ったりした手紙でもよこしたものか。やや高飛車な響きも籠《こ》もっている。晶子特有の、封建的で硬直した制度や権威への、嫌悪《けんお》・反感に通じる激しさがうかがわれるのだ。また一方で、自分こそは恋の歓喜と苦痛の両面を知っているのだとの優越感も垣間見《かいまみ》える。佐藤春夫は「晶子の例の自己崇拝を底にひそめて、一脈の悪魔主義的とも云うべきものが感じられるが、それよりも恋愛の本質的なものにふれ、近代的な一般の恋愛心理をつかんでいるように思われて、晶子の歌がただ言葉の上の面白さでは無いのを具体的に示している」(『みだれ髪を読む』)と評する。初出は「明星」(明治33・11)。

◆春の宵をちひさく撞《つ》きて鐘を下りぬ二十七段堂のきざはし　343

【訳】春の宵の刻、鐘をちいさく突いて、鐘楼の階段を下りました。二十七段《だん》ある高い階段を下りて……。

【鑑賞】柔らかくなまめいた空気が立ちこめる春の宵。なんとなく気分が浮き立つそんな時刻に、晶子は鐘楼の鐘をついた。同じ突くにも小さく突いたというのは、その小ささが控えめで好ましい印象を与えるのではとの、晶子の表現上の判断によるものか。春宵に相応する雰囲気が漂う。若い女性らしい一種の自愛表現でもある。二十七段の階段は堂々とした鐘楼の高さをいくぶん強調し、うら若い女との大きさの対比が視覚イメージとして明瞭。意味より声調の響きの良さで味わう歌。一首は堺時代の歌の仲間・河井酔茗宛ての手紙（明治34・3・19）に添えられたもの。相手を想定しての歌であるから、寺はフィクションでなく両者既知の寺か。231「春にがき貝多羅葉《ばいたらえふ》の……」の一首と関連づける研究者は、堺女学校での晶子の同窓生で文学好きの楠《くすのき》 枡江《ますえ》の家・慈光寺なのではと推測する。

◆とおもひてぬひし春着の袖うらにうらみの歌は書かさせますな 346

【訳】……と思って、縫った春着なのです。その袖の裏に、あなたへの恨みの歌を書かせるようなことはしないで下さいね。

【鑑賞】「とおもひて」は初句として唐突。どんな内容を受けているか、実体が明かされることなく始まったドラマでもある。ただ、二句以下からおよそ想像はできる。鉄幹に喜んでもらいたくて縫った春着なのだから、自分を悲しませたり恨ませたりすることは言ったりしたりしないで欲しい。純情な心情吐露の歌で、内容としてはむしろ平凡。それが作品としての個性を持つのは、初句の意外性によるもの。288「とおもへばぞ垣をこえたる山ひつじとおもへばぞその花よわりなの」は「とおもへばぞ」が繰り返された。

晶子には人の意表を突くような初句が散見される。330「さればとて」、347「かくて果つる」、358「ふとそれより」、378「さおぼさずや」など。既成事実を踏まえて応えるかの初句の用法は、読者の注意を喚起し強引なまでに歌世界へ誘う効果がある。初出は「明星」（明治34・3）。

◆道を云はず後を思はず名を問はずここに恋ひ恋ふ君と我と見る 352

【訳】堅苦しい道徳を言わず、これからのことを考えず、人の噂など気にせず、ここにこうして恋い恋う、そしてお互いを見つめ合う私たちなのです。

【鑑賞】社会的な制約をすべて放擲《ほうてき》し、いまここにある二人の恋に溺《おぼ》れ、お互いの存在だけを確かめていたいという、灼熱《しゃくねつ》の恋。恋に熱中する者たちは何も恐れるものがない。晶子はそのとき現実のすべてを忘れ、恋の炎へ身を投じたのだった。上句のリフレインというより言葉を畳みかける手法は、高ぶった感情や切羽詰まった気持ちを表すのに適う。初出は「明星」（明治34・3）。同号に鉄幹は「われ男《を》の子《こ》意気の子名の子つるぎの子詩の子恋の子あゝもだえの子」（詩歌集『紫』所収）を発表。動詞か名詞かの別はあるが畳みかけのテクニックは共通する。晶子の357「かたちの子春の子血の子ほのほの子いまを自在の翅《はね》なからずや」は、鉄幹の影響が明瞭。美貌、青春、情熱、恋愛をすべて得た今、私が自在に飛翔《ひしょう》する翼の無いはずはない、との歌意。

◆罪おほき男こらせと肌きよく黒髪ながくつくられし我れ 362

【訳】罪深い男たちを懲《こ》らしめよ、という理由で、肌は清らか黒髪は長く作られた美しい私！

【鑑賞】初出は「明星」（明治34・1）。鉄幹との粟田山再会を果たす直前ころの歌か。自信の所在を肌と髪の美しさに確信し、手放しで自賛してはいるが、嫌みではない。鉄幹から頻繁に手紙や歌を受け取り、やや有頂天になっていたか。美貌の所以《ゆえん》を「罪おほき男こらせ」とするのは、男性全般への優位性を誇示するもの。どんな男もこの美しさの前では形無しで、美は男の罪の多さを懲らしめる武器となる、という発想。既成の権威や道徳を拒否する「やは肌の……」などに通じる。一方、男尊女卑と家父長制に縛られ、仏教の罪障を背負わされ、苦労の絶えない明治の女性たちを代弁して、罪深い行為をする男性に限定し懲らしめる、と踏み込んで考える研究者もいる。しかしそもそも女の美貌が男の罪を懲らしめると言う発想に論理性はなく気分優先。過剰な鑑賞は必要ない。

◆春の小川うれしの夢に人遠き朝を絵の具の紅き流さむ 364

【訳】春の小川がさらさら流れています。うれしい夢を見たのに、それを伝えたい人は遠く離れていて、それで今朝は私の気持ちをあの人に伝えるために、赤い絵の具を溶いて川に流してみましょう。

【鑑賞】ロマンティックで浮き立つような喜びを感じさせる一首。理屈には通らない情景だが、色彩鮮やかで映像的な広がりや奥行きがある。晶子らしい歌である。「うれしの夢」は普通は「うれしき夢」。明治三十四年に入って頻出するようになった晶子の独特な言い回しとして、動詞、形容詞などの終止形や命令形のあとに「の」を付けて名詞につなぐ用法がある。本来は連体形で接続するところをあえてそれ以外の活用にするのである。すると「の」が前後の言葉を粘着し、柔らかくうねるようなリズムが生まれる。独善的とも言える語法だが、情感の揺らぎを演出する効果がある。38「のろはしの我れ」、50「あわただしの旅」、56「ふしてゐませの君」、158「くらしの蓮《はす》」など。初出は『みだれ髪』。

◆酔に泣くをとめに見ませ春の神男の舌のなにかするどき　366

【訳】恋に酔ってうれし泣きする乙女。なにがそれほどまで乙女の心を動かしたかご覧ください、青春の神様。男の言葉に、どうして鋭いものが含まれてなんかいるものですか。逆に甘美で乙女心をとろかすような文句を吐いてばかりいるのですよ。

【鑑賞】青春を司《つかさど》る神がいるという想定で詠まれた一首。純情な乙女がいかに簡単に男の甘い言葉を真に受け、うれし泣きさせられているか。その場限りの男の言葉を信じて翻弄される女、という立場から、恋を仕掛ける「春の神」に半ば責め口調で訴えた歌。発想はやや通俗でうわずったところがあるか。晶子の歌には「明星」の仲間内でしか意味が理解できない語彙《ごい》、つまり一般に通用する意味と脈絡を違えたグループ内言語が多い。グループ内言語の率先的作り手は晶子と登美子、これに影響されつつ誌面で主流化させたのが鉄幹だった。「明星」の作風がしばしば「星菫《せいきん》調」と揶揄《やゆ》されたのは「星の子」「紫」「菫《すみれ》」などが好んで使われたことによる。「春の神」もその一つ。初出は「明星」(明治34・7)。

◆花にそむきダビデの歌を誦せむにはあまりに若き我身とぞ思ふ　368

【訳】美しい花々とも言える青春の喜びから目を反らし、英雄ダビデの詩を口ずさんで聖書の世界に浸るには、あまりにも若すぎる私だと思うのです。

【鑑賞】ダビデは古代イスラエル王国の第二代の王。初代サウルの後を受けて近隣諸国を征服統合。エルサレムを陥落させて都としイスラエルを統一した。竪琴の名手で、その生涯は旧約聖書サムエル記に詳しい。初出は「明星」(明治33・6)。215「淵の水になげし聖書」、216「聖書だく子」などから、晶子がある程度キリスト教や聖書に興味をもっていたことはわかる。翻訳は当時まだ文語調の厳かなもので、外来の宗教である以上に異文化を代表する高尚な思想世界といった受け止め方だったか。晶子の教義の理解がどれほどかはともかく、日本古来の神話とはまったく別の新鮮さや神聖さは充分に伝わっていただろう。この一首では、ダビデの詩の崇高な雰囲気に浸るより、青春謳歌《おうか》こそが若い今の自分にはふさわしい、という。鉄幹に会う以前の青春願望。

◆きけな神恋はすみれの紫にゆふべの春の讃嘆《さんたん》のこゑ 372

【訳】聞いてください、神さま。たとえていえば恋は菫の紫色、この紫色そのものの夕暮れの春の美しさを讃える声を聞いてください。

【鑑賞】恋は菫の紫色。「明星」の美意識を端的に表した言葉である。春の夕暮れどきの紫色を見ながら、その美しさへの賛嘆の声が上がった。この賛嘆の声こそ、同時に青春時代の恋を讃える声そのものなのである。鉄幹には「わが歌は芙蓉のしろき梅の清き恋はすみれの紫をこそ」（『紫』所収）があり、この下句を受けて晶子は詠んだのだろう。この一首は「恋」「すみれ」「紫」「春」と「明星」のグループ内言語を集約したかの歌。晶子の歌の特徴の一つに初句の効果が挙げられる。①346で説明した〈既成事実を踏まえての応え〉、そして②「きけな神」に見られる〈呼びかけ〉。387「雁よそよ」も同様。③2「歌にきけな」などの〈同調への促し〉や〈命令形〉、④354「消えむものか」378「さおぼさずや」の〈問いかけ〉〈否定疑問〉など。②③④は初句切れの効果でもある。

◆病みませるうなじに繊《ほそ》きかひな捲《ま》きて熱にかわける御《み》口《くち》を吸はむ　373

【訳】病んでいらっしゃるあなたの首に私の細い腕を巻き付け、熱で乾いたあなたの唇を吸って潤わせて差し上げましょう。

【鑑賞】女性から愛を仕掛けていくかの積極的、行動的な内容。病気で熱が出たという男の唇を女自らが自分の唇で覆い、湿らせようという。初出は「明星」（明治33・9）。鉄幹宛の中山梟庵の手紙（「明星」明治33・9掲載）に「御病気とのお知らせ」が見られ、鉄幹自身も「突然発熱して神経衰弱に陥り、時に胃痛」（同誌同号）と記している。情報入手の時期や方法はともかく、晶子は鉄幹の発病を知り、まだ具体的な恋愛が始まっていないのにもかかわらず、ただちに官能全開の一首を詠んだものだろう。西欧の翻訳文学の影響があったものか。明治の日本女性の対男性イメージを超えるダイナミックな発想だ。353「魔に向ふつるぎの束《つか》をにぎるには細き五つの御《み》指《ゆび》と吸ひぬ」（「明星」明治34・3）は類歌。鉄幹の意外に繊細な指を見て、従来の男性的なイメージとは別な一面を発見した、晶子の愛情表現である。

◆その歌を誦《ず》します声にさめし朝なでよの櫛《くし》の人はづかしき　379

【訳】その歌を口ずさんでいらっしゃるあなたの声に目がさめた朝、「髪を撫《な》でつけなさい」と櫛を渡してくださった、そんな気恥ずかしさったら……。

【鑑賞】一夜を共にした翌朝、先に起きた男の方が歌を口ずさんでいた。その声ではっと目を覚ました女。男はこの気配に気づき、さらに寝乱れた女の髪を見て櫛を差し出した。朝のひとこまの情景である。当時の一般的感覚からすれば女の方が先に起きて身繕いをするもの。ところが逆なので、女はきまり悪く気恥ずかしく思った。初出は「明星」(明治34・5)。粟田山の二夜の記憶か。『みだれ髪』によく見られる初句の特徴の一つに、指示代名詞「その」の多用がある。作者晶子と歌に登場する「人」「友」などには「その」の示す具体はわかっているが、読者には説明されない。それを承知でやや強引に詠み進むわけで、この強引さに内包される若々しさとスピード感が、かえって歌の魅力となる。6「その子二十《はたち》」、95「その日より」、195「その血潮」など。

◆明日《あす》を思ひ明日の今おもひ宿の戸に倚る子やよわき梅暮れそめぬ　380

【訳】あなたとお別れする明日を思い、明日の今頃のお別れを思い、宿の戸口にもたれかかっている私はもうすっかり気弱になっています。梅の木も暮れそめて闇に沈んでいきそうです。

【鑑賞】一月の粟田山再会の折の、二泊めの夕暮れ時が背景か。季節的に夜の迫るのも早い。翌日の同時刻の別れを先取りして悲しがる女の心情が、素直に伝わってくる。冷え冷えした空気があたりを占めているために、いっそう心細さが身にしみ気弱になるのだ。初出は「明星」(明治34・5)。この二ヶ月前の発表歌に341「春寒のふた日を京の山ごもり梅にふさはぬわが髪の乱れ」がある。凜《りん》と花開く梅と比べ、乱れた髪がいかにもふさわしくないという、心の乱れを代弁。二泊三日の二人の記憶に寄り添うように梅の花があった。242「京の山のこぞめしら梅」、243「なつかしの湯の香梅が香」、247「枝折戸あり紅梅さけり」、248「しら梅は袖に」、336「梅の渓の」など。

◆幸《さち》おはせ羽やはらかき鳩とらへ罪ただしたる高き君たち　390

【訳】幸いがありますように。こんなにも羽の柔らかな鳩を捕らえて罪を質《ただ》した、公徳心高い方々よ！

【鑑賞】明治三十四年三月、鉄幹への中傷誹謗《ひぼう》の書『文壇照魔鏡《ぶんだんしょうまきょう》』が刊行された。十七の罪状を挙げ、極悪の破廉恥漢として鉄幹を追及したもの。事実無根を訴え鉄幹側は裁判に持ち込んだが、証拠不十分で敗訴。この事件で鉄幹の名誉は著しく毀損《きそん》されただけでなく、詩人としてのイメージは地に落ち、「明星」の売れ行きは激減した。晶子の歌は『文壇照魔鏡』で鉄幹を攻撃した人間を憤り、皮肉と揶揄で応えた一首。初出は「明星」(明治34・5)。「羽やはらかき鳩」とは理想に燃える無垢《むく》で繊細な詩人・鉄幹のこと。391「打ちますにしろがねの鞭うつくしき愚かよ泣くか名にうとき羊」も歌意全体として反語。無実の鉄幹を責めるならいっそ高貴な白金の鞭がうつくしいだろう。つまらぬ中傷に惑わされて愚かに泣くなどせず、鉄幹には名誉を守ってほしいという意。

◆天《あめ》の才《さい》ここににほひの美しき春をゆふべに集《しう》ゆるさずや（396）

【訳】ああ、天から授かった私の才よ。ここに匂やかに美しい春を迎え、ことにも優美な春の夕べ、私の歌集上梓《じょうし》は許されないことがありましょうか。

【鑑賞】『みだれ髪』刊行の決意を詠んだ一首。晶子好みの優婉な春の夕暮れ時、うっとりする気分に浸りながら、自らに向かって歌集を編んでよいかと問うたものである。答えは問うまでもなくイエスなのだが、否定疑問の形をとって表向きには控えめなポーズをとった。しかしそれがあくまでポーズであって、強い肯定の裏返しであるのは「天の才」と初句で断言したことから明らか。刊行は八月十五日となるのだが、晶子は上京後、早い時期からすでにその心づもりはあっただろう。鉄幹は前年十一月「明星」に「人の子の名ある歌のみ墨ひかで集にせばやと思ふ秋かな」を掲載。晶子の才能を評価し出版計画を持っていたように見える。晶子は鉄幹に歌才を引き出され、自信も充分に備わっていた。上京後はさらに自分の立場を明確にするため出版が必要だったと想像される。初出は『みだれ髪』。

誤植訂正表　（数字は作品の通し番号）

9　（ルビ）　ゑんじ↓えんじ
37　（ルビ）　えうごふ↓えいごふ
55　かつぎぬ↓かづきぬ
64　君が声よ↓君が夢よ
69　袖ぞむらさき↓袖こむらさき
77　やははだに↓わがはだに
83・127　ゑにし↓えにし
86　朝の水くむ↓朝の水くみ
104　二尺足らぬ↓二尺に足らぬ
132　李春蓮↓李青蓮
142　（ルビ）　ぢ↓じ
179　御手はなしは↓御手はなちしは
184　心なくいいひぬ↓〜いひぬ
214　袖にそむき↓神にそむき
220　（ルビ）　ふざ↓ふざん
239　細うくれなゐ↓細緒くれなゐ
241　とがぬあり↓とがめあり
246　かわゆし↓かはゆし
251　かつぐきぬ↓かづくきぬ
263　（ルビ）　とせ↓とは
267　咀↓詛
297　（ルビ）　しう↓しふ
299　みぢか夜↓みじか夜
300　（ルビ）　こづつみ↓こつづみ
312　あでびと↓あてびと
315　づつみ↓つづみ
316　（ルビ）　つつみ↓つづみ
329　ゑんじ↓えんじ
330　かつぎなれず↓かづきなれず
335　〜詩よます↓〜詩よまず
345　をとこなり↓をとと（弟の意）なり
349　卯の衣を↓卯の花を
367　あちはひ↓あぢはひ
370　なつかしぎ↓なつかしき
385　斧のにほひ↓鑿のにほひ
386　（ルビ）　しう↓しふ
396　（ルビ）　しう↓しふ

評伝　『みだれ髪』燦々《さんさん》

松　平　盟　子

■光芒《こうぼう》の人、晶子――はじめに

与謝野晶子くらい、光芒に包まれた印象の人も少ない。生涯の全貌《ぜんぼう》がどうあろうと、晶子の名からはきらきらきらした光の飛沫《ひまつ》がいつも発散しているかのようだ。それは一体なぜなのだろう。

激しい恋愛と、大胆で奔放な恋歌をたっぷり載せた歌集『みだれ髪』。あるいは長く親しまれてきた「情熱の歌人・与謝野晶子」の呼び名。これらが金糸銀糸の彩なす錦織のような眩《まぶ》しさのイメージ総体となって、私たちの目をくらませるのかもしれない。第一、晶子の「晶」という字は、日が三つも積み重なっていて、太陽の生命力と輝かしさそのものではないか。が、具体性を欠いた強烈なイメージだけが一人歩きしてきた感があるようにも思える。

では、素顔の晶子はどうだったのだろうか。結婚する前の〈鳳《ほう》志よう〉時代の晶子は、どのような環境で、どんな幼少期を送り、そしてどのように文学にかかわってきたか。

ここからスタートして、歌人・与謝野晶子の人と生涯を見ていきたい。ただし本稿では、ペンネームである「晶子」以前の、本名「志よう」時代も含めすべて晶子で統一すること、年齢も明治当時の通例とは違う満年齢で表記することを断っておく。

■うつむきかげんの幼少時代

晶子は明治十一年十二月七日（一八七八年）、大阪府堺区（現在の大阪府堺市）甲斐《かい》町四六番地屋敷に、父・鳳《ほう》宗七、母・津祢《つね》の三女として生まれた。母は後妻で先妻には娘二人（てる、はな）があった。晶子には実の兄弟として兄・秀太郎、次兄（夭折《ようせつ》）、弟・籌三郎《ちゆうざぶろう》、妹・里がいる。生家は駿河屋《するがや》という羊羹《ようかん》で知られた和菓子商の老舗《しにせ》。曾祖父の代に和歌山の駿河屋本店の奉公先から暖簾《のれん》分けをして堺に移り、息子の宗助は大阪の総本店で奉公したあと心斎橋筋に出店を持ったという。その次男・宗七は堺の店を任され、さらに息子（次男）の二代目宗七も駿河屋の暖簾を守ることになった。この二代目が晶子の父である。

面白いのは晶子の父、伯父（宗七の兄）、祖父の兄も揃《そろ》って商売を嫌い、むしろ絵筆をとったり書物を読んだりの趣味にいそしんだことだ。そのため商いはもっぱら妻や嫁など女が中心となって支えねばならず、晶子の母が駿河屋に嫁いだのは、先妻があまり商売に向かないと祖母・静に判断され、むりやり離縁されたためである。幸い再婚した津祢は働き者で静かの大いに気に入るところとなり、店の切り盛りは津祢の裁量に任されることになった。社会には男尊女卑と家父長制がゆるぎなく根付いている。商家の嫁は仕入れから使用人の扱いまでその手腕が試された。このために己を殺して家のために働き続けねばならない。そういった環境の中で子供たちの毎日は形成されていくのである。

ちなみに晶子の兄・秀太郎は商売を継がず、のちに東京帝国大学（現東京大学）工学部教授となる。その後直系三代にわたり同大学電気工学の教授として優れた業績を残してきたが、秀太郎もまた商家から離れた長男だったことは間違いない。駿河屋はやがて晶子の弟・籌三郎が継ぐことになる。

晶子は夭折した次男のあとに生まれた女の子だった。男の子を強く期待していた父は失望し、責任を感じた津祢は産後の肥立ちが悪くしばらくは寝付いたままとなった。こうした事情から、晶子は母方の叔母の嫁ぎ先へ三年ほど里子に出されたという。家に戻ってまもなく、満三歳の春には父の教育方針で早くも地元の宿院小学校（のち宿院尋常小学校と改称）へ入学。今でいう早期教育である。しかし適正な学齢を無視しての入学はやはり無理だったようで、登校拒否を起こし、五歳の春に改めて入学し直した。ここで四年間の学校生活を送る。教科は修身、読書、作文、習字、算術、体操で、卒業時の成績は「作文八十二点。読方九十六点。修身百点」、席次については二百五十八人中の八十二席だったという。

晶子の少女時代の自伝ともいえる『私の生ひ立ち』*に掲載の「竹中はん」には、幼少期のエピソードが次のように書き残されている。

「私は満三歳《みっつ》になって直《す》ぐ学校へ遣られました。ですから遊びの方に心を引かれることが多くて、字を習う方のことを情けなく思っていました。私と同年《おないどし》の竹中《たけなか》はんが私の家《うち》へ遊びに来る約束をしてくれました。その日になりますと私は嬉《うれ》しさに学校へ行く気になれませんでした。母がどんなに勧めても、私に附《つ》いている小《ちい》さい女中が促しても、私は今日は家《うち》で竹中はんと遊ぶのだとばかり言って、学校へ出ようとはしませんでした。（略）欄干《てすり》の所へ倚《よ》って見ますと、本宅《おもや》の煙突は午《ひる》近くなってますます黒い煙を吐くようになり、窓の隙間《すきま》から男女《なんにょ》の雇人《やといにん》の烈《はげ》しく働いている姿の見えるにつけて、私は我儘《わがまま》者、不勉強者であるということばかりが思われるのでした。（略）私はそれから満五歳《いつつ》までは、学校通いを止《や》めさせようと言われて家《うち》に置かれていました」

三歳当時の記憶がこのように鮮明に書かれているのには驚かされる。駿河屋の店の奥での忙しい作業の様子、それを眺めて幼いながらに自分の行動を内省する晶子の感受性の強さもおのずと伝わってくるだろう。

当時、中流以上の商家なら、子供の一人一人に乳母（「竹中はん」では「小い女中」）が付き、子供の身辺の世話をしたらしい。晶子は夫・鉄幹《てっかん》が子供をたびたび風呂に入れてやることを発端に自分の幼少期を振り返り、後にこう記している。

「自分の両親は然《そ》う云ふ直接の世話は何一つして呉れなかつた。生れ落ちると直ぐに意地の悪い乳母の手に任されて大きくなつた。乳母はよく自分を過ちも無いのに抓《つね》つた。自分は辛抱をして泣かなかつた。泣けば叱《しか》られるのは自分である事を三歳位から観念してゐた。其《そ》れでも乳母は何か告口をしないかと邪推して何時《いつ》でも恐い目で自分を睨《にら》んだ。(略)兄や弟や妹に対する両親の待遇は全く自分と正反対であつた。両親の膝《ひざ》の温かみを知らないで育つたのは自分一人であつた。自分はわつと泣きたかつた事が一日の内に何遍あつたか知れないけれど、両親にも多勢の店の者にも気取られない様にじつと堪へて、何時《いつ》も淋《さび》しい笑顔を見せてゐた。親子の間にも自然虫が好く子と好かぬ子とがあつたのであらう。(略)自分は親を恨《うら》んで言ふのでは無い。我児供等が父に可愛《かわい》がつて貰《もら》ふ幸福を羨《うらや》んで言ふのである」**

両親の直接のスキンシップを受けられない寂しさと、忙しい母親への気遣いから気持ちを充分に伝えられないもどかしさを常に持ち続けていた、そんな幼少期から少女期だったようだ。ほかの兄弟との比較から、やや僻《ひが》みをもって両親を眺めていたようではあるが、逆にそれだけ愛情への飢餓感があったのだろう。

父は読書愛好家だっただけでなく、子供たちの教育にも熱心だったらしい。早期教育がその延長にあったものかはわからないが、当時の女子教育としてはおそらく珍しい漢学教育を晶子に施している。七歳ごろ、生家の近くの漢学塾で『論語』『長恨歌』等を晶子は学んだという。また少女期の回想の中で「父が迷信を極端に排斥したものですから、狐《きつね》や狸《たぬき》のばかし話は嘘《うそ》であると信じてい」たと、晶子が父親の一面をさりげなく説明（『私の生ひ立ち』所収「堺の市街」）しているところを見ると、合理的・現実的な日常感覚を持った人だったらしい。さらに「西洋好《せいようずき》の私の父は西洋から来た石版画《せきばんえ》で屏風《びょうぶ》が作らせてありました」「私の父はまた色硝子《いろがらす》をいろいろ交ぜた障子《しょうじ》を造って縁《えん》へはめました。廊下にもはめました。欄間《らんま》もそれにしました」と書かれている（同著「屏風と障子」）あたりからは、趣味人らしい贅沢《ぜいたく》好きや美意識がうかがわれる。晶子の後年の読書好き、合理的発想、華やいだ色彩を好む美的感性は、もしかしたら父親の血筋をそっくり受けたものではないかと想像される。

　しかし、こと衣類など生活嗜好《しこう》品については倹約をもって家風としていたらしい。同じく『私の生ひ立ち』に収録された「茶の袢纏《はんてん》」には、「大阪へ出て古着を安く買ってくるのがお祖母《ばあ》さんの自慢」で、そんなふうに祖母が手に入れた半纏を晶子の姉二人がまず着、そのお古を着せられた少女時代の思い出が記されている。

「学校へ行く私が、黒繻子《くろじゆす》の襟《えり》の懸《かか》った、茶色地に白の筋違《すじか》い雨《あめ》と紅《べに》の蔦《つた》の模様のある絹縮《きぬちぢみ》の袢纏《はんてん》を着初めましたのは、八歳《やっつ》位のことのように思っています。私はどんなにこの袢纏が嫌いでしたろう。芝居で与一平《よいちべい》などというお爺《じい》さん役の着ていますあの茶色と一所の茶なんですものね。（略）私はこの袢纏を二冬程《ふたふゆほど》着ていたように思います。私は

この時分程同級生にいじめられたことはありません。私が鳳《ほう》という姓なものですから、

『鳳さんほほづき。』

『鳳さんほうらく。』

私をめぐって起る声はこの嘲罵《ちょうば》より外にありませんでした。

『鳳さんほほづき、ほう十郎、ほらほったがほうほ。』

（略）けれど私は絹縮の袢纏がぼろぼろに破れてしまいますまで、そんな話は母にしませんでした。私の母は店の商売の方に気を配らなければならないことが余りにあって十分と沈着《おちつ》いて私達と向い合っているようなことはありませんでした。また私とは違って継母《ままはは》に育てられている私の姉達が、いろいろなことを一人々々が心一つに忍んだ淋しい日送りをしているのを見て居《お》りますから、私も苦しいことを辛抱し通すのが人間の役目であるというように思っていたらしいのです。（略）」


自分の境遇をよく理解し、十一歳、九歳と年の離れた腹違いの姉たちを見続けてきた少女の曇りない眼差しが、少女時代の晶子の心を俯《うつむ》き加減にしている。いじめという言葉がことさら教育の現場で使われることもなかった当時だが、子供社会ではありふれたいじめのその対象として晶子が味わった悲哀も小さくなかった。

『私の生ひ立ち』にはほかに「狐の子供」と題する小学校三年生のころの思い出が描かれている。ここでは同級生の狐顔をした女生徒に陰湿ないじめを受け、毎日のおやつか

ら始まって金銭まで要求されるようになった体験が語られている。最後に意を決し勇気をもって撃退するに及び、晶子のひとつの成長記録と読めるところもあるが、同時に内向的で感受性豊か、はにかみやと芯《しん》の強さが同居した少女像も見えてくる。

ところで幼少期の晶子を写した写真に、まるで男の子のような身なりをした一枚が残されている（225頁写真）。これに相応するかのような歌も後に詠まれた。

十二《じふに》まで男姿《をとこすがた》をしてありしわれとは君に知らせずもがな　『春泥集』

物干へ帆《ほ》を見に出《い》でし七八歳の男姿のわれをおもひぬ　『夏より秋へ』

「茶の袢纏」の、ことさら地味な身なりをさせられた記憶からもその一端が窺《うかが》われるようだが、これはいくぶんかは誇張表現であるようにも感じられる。というのは、やはり『私の生ひ立ち』収録の「お師匠さん」には、鳳家の貸家に住んでいた藤間流の師匠のもとで幼い晶子が舞いを習っていたことが描かれ、美しい舞扇に心ときめかせた記憶が詳しいし、「たけ狩」（『私の生ひ立ち』所収）にも「友染《ゆうぜん》の着物なども着ないうちに、身体《からだ》の方が大きくなってしまうことが多かったのです。／あの茸狩《たけがり》は牡丹《ぼたん》模様の紫地の友染に初めて手を通した時です」とある。これは、家業があまりに忙しくて、しかるべきときに美しい着物を着せてもらう機会もなかったなかで、十二、三歳のころの忘れがたい思い出として和泉の山での松茸狩について書いたものだが、ここからは普段親の愛を充分に受けられなかった寂しさと、日常の中に華やいで晴れがましい気分に浸れるような要素の乏しかったことは察せられるものの、ことさら放任されていた感じはない。晶子の母・津祢はむしろ愛情の深い女性で、二人の継子を実子に劣らないよう大切に育てた。それがかえって晶子には自分に注がれるべき愛情を多少ならずとも奪われたように感じられたのかもしれない。のちに晶子が「明星」明治三十四年十一月に発表した「美文母の文《ふみ》」からは、せつせつとした津祢の心情が溢《あふ》れ、晶子が里子に出された経緯や、継子を僻《ひが》ませないように気遣う中で晶子に目が届かなくなっていたことを釈明する内容が語られている。それを承知でなお、

あぢきなきわが生立に似る如く似ざるが如き雛罌粟の花　（大正8・7）

と詠む晶子であった。たとえ理屈で理解できても、幼いころに味わった寂しさ、味気なさの実感は拭《ぬぐ》えないものだと彼女は言いたいのだろう。男姿の二首もこうした背景あっての作品で、記憶の断片がふと導いた癒《いや》せぬ思いの一つだったと想像される。晶子のトラウマともいえる感情かもしれない。

＊大正四年（一九一五年）四月より十二月まで、教育者である羽仁吉一、もと子が刊行する雑誌「新少女」（婦人之友社）に連載の同名回想記九篇、および翌年の同誌連載「私の見たる少女」十篇中の四篇を併せ、昭和六十年（一九八五年）に同書名で刊行（上笙一郎編）された。引用は同書の学陽書房女性文庫版によった。

＊＊第一評論感想集『一隅より』（明治四十四年七月刊行）に収録の長文「雑記帳」に書かれている。「雑記帳」をはじめ収録文は雑誌、新聞等に発表したもの。日常身辺の話題から教育観、社会観、男女観など晶子の関心を引くテーマで幅広く書かれ、大正期の評論活動を予感させるものとなっている。引用は、『定本與謝野晶子全集 第十四巻』によった。

■文学少女の詩と恋の模倣

明治二十一年（一八八八年）、宿院尋常小学校を卒業すると、晶子はそのまま堺区堺女学校（現在の大阪府立泉陽高等学校）本科に入学する。前身は「女紅場」「裁縫場」次いで小学校付属裁縫場だった堺女学校は、明治二十年設立にあたっては裁縫科もあった。三年制だったので明治二十四年に卒業し一応の区切りをつけたあと、晶子はさらに補習科に進んでいる。

本科では修身、読書、習字、算術、地理・歴史、家政を学んだものの、家政の授業量がカリキュラム全体の七割近くを占めていることに不満をもち補習科に進んだのだろう。

しかし基本的に家政が中心の学校である。晶子は妹の里には、実学でない勉強がもっとできる京都の高等女学校へ行くよう勧めた。こうしたアドヴァイスもあって里は京都府立第一高等女学校へ入学したという。晶子が補習科にどれくらい通ったかわからないが、尋常小学校を卒業するころから徐々に店の帳簿付けが任されるようになっていたこともあり、おそらく中途で退学したのではないか。

堺女学校に失望した晶子ではあったが、二年生のころ東京の師範学校を卒業したばかりの遠山先生が言った言葉を、晶子は後々までよく覚えていた。本科と裁縫科がいっしょに授業を受ける修身の時間のことである。先生は裁縫科の生徒に向かって、こんなふうに意見を述べた。

「あなた方は裁縫を重《おも》に習ってお家《うち》の手助けを早く出来るようになるのを楽みにしておいでになるのでしょうが、私は少しあなた方に考えて頂きたいことがあるのです。女は裁縫をさえ上手にすれば好《い》いと思うのは昔風な考えで、世界にはいろいろな国があって、知慧《ちえ》の進んだ人の多いこと、日本もそれに負けていてはならないということを思うことの出来る人なら、知慧を磨くための学問の必要はないなどとは思えない筈《はず》だと思います」（『私の生ひ立ち』所収「楠《くすのき》さん」）

この遠山先生の言葉について、晶子がどう感じたかは直接に書かれていない。しかし向学心の強い晶子を奮い立たせたのは間違いない。裁縫科から実際に本科へ移った人の一人は楠さんという慈光寺の娘だったが、成績が一番だっただけでなく、彼女こそ晶子を詩人・河井酔茗に紹介した人だった。

晶子と楠さんの会話から一つわかることがある。「今月のせわだ文学という雑誌に面白いことが載っていました」と晶子が言うと、楠さんは「わせだ文学でしょう」と応える。それで晶子は自分が「早稲田文学」を思いこみから間違って読んでいたことに気づくのだが、十一、二歳ですでに同誌を読んでいたということは、鳳家ではこんな文芸雑誌が手近にあったということである。兄が購読していたものだろうか。また、このころから晶子は父の蔵書であった『栄華物語』『大鏡』『源氏物語』『狭衣《さごろも》物語』『枕草子』など古典を始め、明治期の最先端の小説まで手当たり次第に読みふけっていた。兄が帝国大学に入学してからは、兄の読了後であろう「帝国文学」「しがらみ草紙」など文芸誌が送られてきたようだ。

「私は子供の時から歴史が第一に好き、其次《その》に文学が好きでした」(『一隅より』所収「雑記帳」)

「わたしは夜なべの終るの待つて夜なかの十二時に消える電燈の下で両親《ふたおや》に隠れながら纔《わず》かに一時間か三十分の明りを頼りに清少納言や紫式部の筆の跡を偸《ぬす》み読みして育つたのである」(『一隅より』所収「清少納言の事ども」)

「十二三の頃でしたか、鷗外《おうがい》先生の『柵《しがらみ》草紙』後には『めざまし草』夫《それ》から戸川秋骨様などの『文学界』、紅葉様、露伴様、一葉様などの小説、斯様《かよう》なものを解らぬながらに拝見するのが一番楽しみに存じました」(『藪甘子《やぶかうじ》』)

のちに以上のように書き記すことになる、濫読《らんどく》の少女時代である。物語のヒロインに憧《あこが》れやすい年齢でもあっただろう。三十代に至って晶子はこんな歌を詠み、少女の頃を回想する。

あなかしこ楊貴妃《やうきひ》のごと斬られむと思ひたちしは十五《じふご》の少女《をとめ》　『佐保姫』

読書遍歴の少女期は、また晶子が店の責任を担った頃に重なってもいる。「十二三歳から十年間店の帳簿から経済の遣繰、雇人と両親との間の融和まで自分一人で始末を付けてゐた」(『一隅より』所収「雑記帳」)とまで書いているが、頼りにしていた長女が嫁ぎ、次女は病弱で期待できないとなると、算術が得意で仕事の手早い晶子に役が振られたということだろう。前述したように父はあまり商売に身が入らず、母はそれまで働きすぎたためか体が弱ってきていた。読書への耽溺《たんでき》というには、あまりにも限られた時間しかなかった。しかしだからこそ晶子の心の深い所までそのエッセンスは濃厚に染み通っていったともいえるだろう。

三十代後半の晶子が、少女から思春期を迎えたころの家の雰囲気を思い出して詠んだ短歌に、次のようなものがある。

叔母達《をばたち》と小豆《あづき》を選《え》りしかたはらにしら菊咲きし家のおもひで　『朱葉集』
娘にて蔵と座敷の中庭におつる銀杏《いてふ》をながめつる秋　同

これらの作品には、晶子短歌以外なにものでもない個性と力がある。しかしもちろんこうした〈晶子らしさ〉が最初からあったわけでない。どんな天才も過去の模倣から始まり、あるとき突然、とんでもない高さに跳躍するのだ。

古典でも歴史物語が一番好きだった晶子は、和歌をどのように受け止めていたのだろう。幼くして漢詩を学んだ晶子にとって、同じ詩でも『古今和歌集』は好ましからぬ印象だったようだ。次いで『新古今和歌集』で少し好きになり、『万葉集』を知って初めて感激したという。十六歳ころだった。

では、実際に作った歌はどんなものだったか。現存する記録の中でもっとも古い作は「文芸倶楽部」（明治28・9）に収載された、

露しけき葎《むぐら》か宿の琴の音に秋を添へたる鈴むしのこゑ

その後は「堺敷島会」(二十八年六月ごろ結成)の会誌「堺敷島会歌集」第三集「郭公《ほととぎす》」欄(明治29・5)に、

時鳥なく一声に雨はれてあやめつらしき三日月の影

を発表。以後、十二集(明治30・3)まで毎号一首ずつ投稿していた。一読して旧派和歌とわかる旧態依然の作風である。晶子は十二集で「堺敷島会」を退会したが、おそらく新鮮味のなさに飽き飽きするものを感じたのだろう。早間良弼編『ちぬの浦百首』(明治30・12)に発表の一首と、他に一首あるのみ。ただひとつ注意したいのは、署名がいずれも「鳳晶子」となっており、晶子というペンネームがこのときから使われ始めていることである。

そのころ「堺敷島会」とは別に、関西にもう一つ文学好きの青年たちのグループが生まれていた。三十年四月に結成された「浪華《なにわ》青年文学会」(のち「関西青年文学会」に改称)がそれで、その年七月に機関誌「よしあし草」創刊(のち「関西文学」に改称)。三十一年十二月には河井酔茗を中心に堺支会が発足。晶子の弟・籌三郎も入会した。

そして二ヶ月後、同誌第十一号(明治32・2)から晶子は入会し、初めて鳳小舟の名で詩「春月」を発表。「別れてながき君とわれ／今宵あひみし嬉しさを／汲てもつきぬうま酒に／薄くれなゐの染いでし／君が片頬にびんの毛の／春風ゆるくそよぐかな。／……」といった十二行からなるセンチメンタルな内容だった。詩人・島崎藤村はすでに詩集『若菜集』（明治30）『一葉舟』（明治31）『夏草』（同）を矢継ぎ早に刊行、文学青年たちの注目を集めていたが、晶子の詩風もその影響下にあったといっていい。

「私は詩が解るやうになつて居ながら、また相当に日本語を多く知りながら表現する所は泣菫《きゅうきん》氏の言葉使ひであり、藤村氏の模倣に過ぎなかつた」（岩波文庫版『与謝野晶子歌集』あとがき）

晶子はのちに初期の作風をこんなふうに自解している。晶子にふさわしい表現方法はまだ見つかってはいなかったが、とにかく何か書き表してみたいとの意欲は湧き上がっていた。「よしあし草」への投稿を皮切りに毎号、詩か歌を発表するようになる。

ここで薄田泣菫《すすきだ》について少し触れておく。最初の詩集『暮笛集』（明治32・11）は、その刊行こそ藤村の後塵《こうじん》を拝したが、発刊二ヶ月未満で初版五千部を完売するほどの高い人気を呼び、詩壇を驚かした。当然、晶子の目に触れる機会もあっただろう。『暮笛集』を与謝野鉄幹が評価して以来、泣菫と鉄幹は詩人として交友を結び、「明星」創刊（明治33・4）以後は執筆陣に加わる。さらに鉄幹・晶子夫妻の次男・秀《しげる》の名付け親にもなった。

晶子はいつごろ鉄幹の存在を知ったのだろうか。東京にいる兄から送られてきた「読売新聞」に発表の短歌一首によって、彼の名を知ったのが最初だった。明治三十一年四月十日付けということから、晶子が「よしあし草」に詩を寄せる一年近くも前ということになる。このとき心惹《ひ》かれた歌というのは「春あさき道灌山《だうくわんやま》の一つ茶屋に餅《もち》くふ書生袴《はかま》つけたり」。旧派和歌とはあまりに違う伸びやかで清新な作風だ。晶子はこのときの印象を後にこう記している。

「私が短歌の形式に由《よ》つて自分の実感を表現しやうと思ひ立つたのは、明治三十年頃の『読売新聞』で与謝野の歌を読んで以来の事です。与謝野の歌は従来《これまで》の歌に比べると非常に無造作に作られたやうなものでした。之なら自分にも作られないことは無からうと思はれるやうなものでした」（『晶子歌話』大正8）

思いと言葉との一致する歌世界。それは口で言うほど簡単には見つからない。晶子は自分の歌うべきテーマがまだ定まっていなかった。あふれるほどの言葉を心に湛《たた》えながら、それらの言葉の使い道がわからないままだった。

読書に耽溺しつつ多感な思春期を過ごす晶子は、また恋に憧れる年ごろを迎えてもいた。彼女が初めて異性に手紙を送ったのは明治三十一年ごろ、相手は堺の電話局に勤務する森崎富寿だった。弟・籌三郎の友人でもあった森崎とは、電話で文学の話などをする程度だったようだ。どちらもまだ十代後半からせいぜい二十歳。おそらく晶子の方が年上でもあったろうから、それ以上でも以下でもない関係ということだろう。

その次に晶子が憧れたのは、覚応寺の若き住職・河野鉄南だった。鉄南は「浪華青年文学会」の堺支会設立の発起人の一人。晶子との初対面は明治三十三年一月三日の「近畿文学同好会」だった。その温厚で誠実な人柄に晶子はまたたくまに心惹かれ、男性の名を使ってまでたびたび手紙を送っている。覚応寺は晶子の生家から徒歩で十数分の近さである。その距離の近さとは逆に、二人の心の距離は鉄南の己をわきまえた優しく平静な接し方のうちに変わることはなかった。晶子は物足りなさを覚えながらもせっせと手紙を書き続けたようで、二十八通が残されている。

面白いのは、同じ文学仲間の宅雁月《たくがんげつ》のもとへ鉄南宛とほぼ重なる内容の書簡を晶子が一度送っていること。晶子は時に仮想の恋を紡ぎながらその思いを手紙に託し相手に届けていたのではないかと想像される。恋のレッスンを繰り返しつつ、いつか訪れるだろう手応《てごた》えある本物の恋を夢見、しかしいまだ甘い序奏の中に浸っている晶子だった。

■戦う丈夫《ますらお》、鉄幹

与謝野鉄幹という人間を語ろうとするとき、ある種の戸惑いを感じる人は少なくない。その理由は明瞭《めいりょう》だ。晶子という希有な才能をもった妻の、その夫であって詩人歌人である、というところから話をスタートせねばならないと無意識のうちに思うからだ。これが森鷗外だったり石川啄木だったりしたら、そういった戸惑いはないだろう。まず作家である鷗外、歌人である啄木の紛うことない業績があり、それに伴った人物イメージが浮かぶ。このあたりが鉄幹の悲劇だろう。

とはいえ、天才・晶子を見出し、育てたのは鉄幹である。鉄幹あっての晶子で、その逆ではない。

ここで鉄幹の生い立ちを振り返り、晶子と出会うまでの軌跡を辿《たど》ってみたい。

鉄幹は本名・寛《ひろし》。与謝野礼厳とハツエとの間の四男として、明治六年（一八七三年）二月二十六日に生まれる。礼厳は丹後国与謝郡（京都府北部）に生まれ、若狭国《わかさ》（福井県南西部）の寺の住職となり結婚して一男一女をもうけた。しかし離縁して山城国（京都府南部）愛宕郡岡崎村の願成寺・住職となり、山崎ハツエと結婚。五男一女を成す。礼厳は勤皇家として活躍し公益事業に奔走したが失敗。寺を追われ、一家は布教師の父とともに鹿児島で二年間を過ごし、再び京都へもどる。しかし貧窮きわまり、兄弟は寺の養子となったり失踪《しっそう》した者もあった。

京都・発願寺、大阪・安養寺の養子となった鉄幹は、その後、岡山・安住院の長兄・和田大円を頼り、ここで勉学に励んで岡山中学を受験するが失敗。次に山口県徳山・徳応寺にいる次兄・赤松照幢《しょうどう》のもとへ行き、赤松家の経営する徳山女学校の教師となった。明治二十二年七月、満十六歳のことであった。ところが第一回目の卒業生・浅田サタとの恋愛が発覚し、これがもとで徳山にいられなくなった。

二十五年初秋、上京し、落合直文のもとに寄宿。同年十二月、文芸誌「鳳雛《ほうすう》」を発刊するが一号のみで終刊。北村透谷も執筆者の一人だった。二十六年、新派和歌をめざす直文の「あさ香社」設立に尽力。七月には直文、鮎貝槐園《あゆかいかいえん》（落合直文の実弟）、鉄幹の三人による合著『騎馬旅行』を刊行。実は鉄幹という雅号はこのころから使うようになったものだった。二十七年、歌論「亡国の音」八回を「二六新報」に連載。旧派歌人を攻撃し「ますらをぶり」を提唱する。

二十八年四月、韓国・京城で鮎貝槐園が塾長を勤める日本語学校・乙未義塾の教師となる。十月末に閔妃暗殺事件が起こり、鉄幹は強制退去を命じられるが、十二月、再度渡韓する。翌年四月に帰国し、詩歌集『東西南北』（明治29・7）『天地玄黄』（同30・1）刊行。逸《はや》る血気と度々の挫折《ざせつ》を味わった果ての、悲憤慷慨《こうがい》調の悲壮感と感傷性にヒロイズムのコーティングを施した、といった作風である。『東西南北』は毀誉褒貶《きよほうへん》の評価にさらされたが、「丈夫ぶり」「虎剣調」「虎の鉄幹」「剣の鉄幹」と呼ばれた彼の作風と作品が、新派和歌のひとつのスタイルを作ったのは事実だった。

韓山《からやま》に、秋かぜ立つや、太刀なでて、／われ思ふこと、無きにしもあらず。　『東西南北』

から山に、吼ゆてふ虎の、声ハきかず。／さびしき秋の、風たちにけり。　同韓にして、いかでか死なむ。益荒男の、／かばね埋めむ、よき山もなし。
水のんで、歌に枯れたる、我が骨を、／拾ひて叩く、人の子もがな。
同　『天地玄黄』

鉄幹が三回目の渡韓を決行したのは、三十年七月から翌年五月まで。落合直文は猛反対して明治書院など出版社の編集や跡見女学校の教師をさせたが、鉄幹は結局断行する。事業計画あってのことだったらしいが、はかばかしい結果は得られなかった。四度目の成果も、同様だった。この四度の渡韓の間に母・ハツエが二十九年に、父・礼厳が三十一年にそれぞれ亡くなっている。

最後の渡韓を終えて帰国したのは、三十二年五月。鉄幹は二十六歳になっていた。八月には浅田サタとの間に女児が誕生するが、一か月余で夭逝《ようせい》。十月には二人目の内縁の妻・林滝野を連れて上京する。

十一月、新時代にふさわしい詩歌革新をめざす、その活動母体としての「東京新詩社」結成。そして翌三十三年四月、機関誌「明星」創刊。タブロイド判十六ページで一部六銭。発行所は東京市麴町《こうじまち》区の東京新詩社。発行人兼編集人は林滝野。資金を資産家でもある妻の実家・林家に仰ぐことによる配慮だったのだろう。

「明星」を創刊するからには、当代の優れた書き手が欲しかった。たくさんの才能ある若い歌人詩人を発掘する必要もある。魅力ある人材を集め、新しい時代の短歌の潮流を作りたい。鉄幹の夢と意欲は膨らむ。創刊号には薄田泣菫、廣津柳浪、島崎藤村、蒲原有明など豪華な顔ぶれが見える。安定した購読者数も獲得せねばならない。出身地でもあり、知り合いもいる関西の文学青年たちに呼びかけ、「明星」拡張の一翼にしようと思った。

——なんとも目まぐるしい鉄幹の人生である。ひとつの目標を定め果たそうとすると、綿密な計画を立てる前に突き進むところが鉄幹にはある。理想肌でロマンティストの彼は、思いの純粋さがあればなんとか叶《かな》うのではないか、叶えてみせようといった、情熱の勢いで行動できる人だったようにも見える。それがさまざまな衝突を引き起こし、人間関係での誤解を生むことにもなったのだろう。

晶子との対面はまもなくだった。

■本当の恋は苦悩へのとば口——鉄幹との出会い

年を追うごとに駿河屋にとって必要な存在となっていった晶子は、父母に頼られ、使用人たちの人間関係に気を使い、店の収支を考えるといった、いわば身動きできない立場に置かれるようになった。こんな状態はいつまで続くのか、いずれ適当な見合い話を受けて嫁ぐことになるのだろうか、そんな人生を自分は望んでいるのだろうか……。感受性の強い晶子は多分何度も同じ問いを繰り返したことだろう。息を抜く場所、心ときめく一番の場所は読書だったが、若さが促す鬱勃《うつぼつ》としたエネルギーと生来のロマンティシズムは日々の抑圧感を煽《あお》り、それがたとえば鉄南への思慕という形で収斂《しゅうれん》していったのではないか。晶子の心身は、しかるべき機会と対象があれば、瞬間のうちに燃え上がることができる状態にあった。本人の自覚はあるいは乏しかったかもしれないが、当時の晶子はそのような地点まで来ていたように想像される。

ところで河野鉄南は、子供のころから鉄幹と親しい間柄にあった。自坊を失った父・与謝野礼厳にしたがって不幸な少年時代を送った鉄幹は、養子だった時期に覚応寺へ連れられ（明治十六年）、そこで鉄南と相知ることになったのだった。学問や文学好きなところも相通じるものがあっただろう。以後も友情は途絶えることがなかったようだ。鉄幹が関西文学青年会の機関誌「よしあし草」の選歌をしたのは、同誌編集委員の高須梅渓と知遇があったためともされるが、同会堺支会の中心的存在だった鉄南との関わりも無視できないだろう。「よしあし草」掲載の晶子の作品に目をつけた鉄幹は、晶子に「いまだ見ぬ君にはあれど名のゆかし晶子のおもと歌送れかし」と「明星」への出詠を求めた。明治三十四年五月刊行の「明星」二号に晶子は短歌を発表。

「明星」二号に載ったのは「花がたみ」六首。

しろすみれ桜がさねか紅梅か何につゝみて君に送らむ

肩あげをとりて大人になりぬると告げやる文のはづかしきかな

初々しく華やいだ乙女の心が、しっとりした調べのうちに詠まれている。同じ号から、のちに晶子の強力なライヴァルになる山川登美子も短歌を発表。

鳥籠をしづ枝にかけて永き日を桃の花かずかぞへてぞ見る　登美子

三十三年三月から投稿誌「文庫」の短歌選者になっていた鉄幹が、同誌掲載の投稿歌を「明星」に再掲したものではあったが、これ以後、鉄幹は晶子、登美子の二人を誌面上で競わせるかの編集をする。

ここで山川登美子についてその出自《しゅつじ》など簡単に解説しておこう。登美子は明治十二年七月十九日、福井県遠敷郡雲浜村に、父・貞蔵、母・ゑいの四女として誕生した。山川家は代々旧小浜《おばま》藩酒井家の御目付役・側用人として仕えた名家で、貞蔵は第二十五国立銀行の頭取。大阪の姉みちが卒業した私立梅花女学校に登美子も入学し、姉の嫁ぎ先から通う。明治三十年に卒業。一旦は郷里に帰ったが、三十三年四月から同校研究生となる。梅花女学校は当時先進的なミッションスクールとして知られたが、校長の成瀬仁蔵はのちに日本女子大学を創設し、女子の高等教育に努めることになる。おそらく登美子は武家の家柄に育った勤勉さと規律正しさを身に備えた乙女だったことだろう。

さて、八月三日、鉄幹は大阪にやって来た。「明星」の支部拡張や宣伝を兼ねてのことで、大阪のほか堺、神戸、岡山も廻ることになっていた。関西の文学青年たちと鉄幹との親密な関係がうかがわれる。鉄幹は短歌革新の旗手として颯爽《さっそう》と姿を現し、迎える側の青年たちは一様に歓迎の意を表したと想像される。

まず四日には、鉄幹の投宿する大阪・北浜の平井旅館へ登美子、晶子がそれぞれ挨拶《あいさつ》に訪れた。これが晶子の鉄幹との初対面である。五日、「新派和歌に対する所見」との演目で文学講演会が開かれる。登美子は出席、晶子は欠席。六日、平井旅館に集まった青年たちや登美子は鉄幹と連れだって堺へ行き、浜寺の寿命館で鉄南、晶子らを交え八人で歌会。七日、鉄幹は神戸で講演。八日、平井旅館で歌会。晶子と登美子は出席。九日、大阪・住の江で鉄幹、晶子、登美子、中山梟庵《きょうあん》と遊ぶ。蓮の葉を切ってこれに歌を書くなどした。鉄幹はこの日の内に神戸へ向かい、十日に岡山着。十一日は当地で講演。十五日、晶子、登美子らと堺・浜寺の高師の浜で再会。当時は美しい松林が浜辺に沿って長く続いていたという。十九日の終列車で鉄幹、帰京。次は「明星」第七号（明治33・10）に掲載の一首である。


松かげにまたも相見る君とわれゑにしの神をにくしとおぼすな　　晶子

　鉄幹と晶子が直接話をする機会があったのは、四日、六日、九日、十五日の四回ほどか。もとより「明星」誌面を通して強い憧れが募ってはいたが、この数回の対面で晶子は鉄幹に夢中になった。鉄幹からすれば、才能ある若い女性から熱い眼差しをうける気持ちよさうれしさが第一だっただろう。これまでの経験から、女性をくどくのに自分のどんな表情、どんな言葉が効果を発揮するかもよくわきまえていたに違いない。なにより自分の男ぶりと詩才に自信があった。この時点で鉄幹は、晶子と登美子の間にさほどの愛情の優劣をつけていたとは思われない。むしろ自分の魅力を見せつけながら二人の女性の心を自在に操る心地よさの方が優先していたのではないだろうか。若く容姿も悪くなく能力ある男によくありがちな驕りであり、ロマンティストが時流に乗って得た勢いでもあった。もうひとつ忘れてならないのは、鉄幹が同人たちの作品添削をしていたことである。師と仰ぐ鉄幹自らの朱が入った作品と手紙を受け取った若い女性たちは、実際以上に距離が肉薄したかの錯覚をし、創作の場でのイマジネーションをますますかき立てられたに違いない。

　病みませるうなじに細きかひなまきて熱にかわける御口を吸はむ
　血汐みななさけに燃ゆるわかき子に狂ひ死ねよとたまふ御歌か

これらは鉄幹が帰京してすぐの「明星」第六号（明治33・9）に発表した晶子の作品である。翌月にはさらに、

やは肌のあつき血しほにふれも見でさびしからずや道を説く君
ことばにも歌にもなさじ我が思ひその日そのとき胸より胸に
たゞならぬ君がなさけを聞くものか火焔《ほのほ》のなかに今死なん時
星の世のむくのしら衣《ぎぬ》かばかりに染めしは誰のとがと思《おぼ》すぞ
水に飢ゑて森をさまよふ子羊のそのまなざしに似たらずや君

など、堰《せき》を切って恋の歌が奔流した。ここまで晶子の心を燃やした鉄幹である。ほかの女性だって気持ちを高ぶらせないはずはない。登美子もまた同誌十月号では

ほほゑみて焔も踏まむ征矢も受けむ安きねむりの二人いざ見よ　登美子

と詠み、晶子に負けない恋心を表白した。「明星」に投稿されるこうした短歌の数々を、鉄幹はどんな気持ちで最初に読んだことだろう。また、発行編集人であり、出産を控え

た妻・滝野はどんな思いで誌面に目を走らせたことだろう。九月二十三日、滝野は長男・萃《あつむ》出産。この月から「明星」はタブロイド判から雑誌型へ編集スタイルを変え、装飾画家アルフォンス・ミュシャを模倣したと想像されるアール・ヌーヴォー様式の甘美なデザインの表紙に一変した。

鉄幹は再び東京から西へ下る。十月二十七日、神戸。二十八日、岡山。そして二十九日から翌月二日まで山口県・徳山から県内佐波郡の林滝野の実家へ。三、四日は大阪。五日は京都。この京都こそは鉄幹、晶子、登美子の恋のトライアングルが自然解消した記憶されるべき場所となる。三人で永観堂の紅葉を楽しみ、その夜、粟田山の辻野旅館で一泊。鉄幹と登美子はそれぞれの意味で心が深く傷ついていた。

三たりをば世にうらぶれしはらからとわれまづ云ひぬ西の京の宿

「三たり」は三人の意。晶子が「世にうらぶれし」自分たちだと嘆いたのには、理由があった。登美子は山川家の同族・山川駐七郎《とめしちろう》との結婚を両親が決めたことで、年末の結納までには郷里・若狭へ帰らねばならなかった。駐七郎は外務省からメルボルン日本領事館に勤務したが、病気を得て帰国。その後は東京・銀座の貿易商の支配人となった。病気が正確に伝わっていたかどうかは明らかでないが、縁談として悪い話ではないと登美子の両親は判断したのだろう。登美子は親の意向に逆らうすべを知らなかった。そもそも父を深く尊敬していた登美子にとって、その命は絶対だった。「明星」に傾倒し、鉄幹に恋心を抱く彼女の動向を、なにがしか察しての、父なりの善処だったかもしれない。

鉄幹は鉄幹で厄介な問題を抱え込んでいた。妻・滝野が長男を出産したばかりなのにも関わらず、二人の間にはぎくしゃくした空気が流れていたのだ。林家との間で交わされていた約束、つまり男児出生の場合に林家へ入籍するいう約束を鉄幹が反古《ほご》にしたいと主張したことで、林家の激怒を買い離縁を申し渡されたという。滝野の郷里は鉄幹の最初の内縁の妻とほど近く、林家がそれを知るところとなって、鉄幹に対し非常に強い不快感・不信感を抱いたともされる。滝野が鉄幹の女性関係をどこまで理解していたか不明だが、上京後一年にも満たないうちに夫婦仲がぎくしゃくし、それを決定づけるかのように林家からの離婚請求があったことで、鉄幹は精神的に大きな打撃を蒙《こうむ》っていたのだった。

晶子は二人の話に深く同情し、揺れる気持ちを押し抱きながら、粟田山で夜を明かしたのだった。凛《りん》として清楚《せいそ》な登美子に友情を感じると同時に、歌と恋のライヴァルとして張り合ってきたが、その果てにこのような話を聞くことになるとは、晶子は予想もしていなかっただろう。晶子も店の仕事に追われる毎日にあって、心楽しからぬ思いで毎日を送ってはいただろうが、二人に比べれば「世にうらぶれし」といえる状況にはなかった。それよりも今ライヴァルが去り、鉄幹の離婚が現実となれば、自分の恋はより高い確率で叶えられるようになると直感的に判断していたのではないか。恋に盲目となっている人間は、恋する相手に対しては誰よりも敏感になれるのである。

それとなく紅き花みな友にゆづりそむきて泣きて忘れ草つむ　登美子
きのふをば千とせの前の世とも思ひ御手《みて》なほ肩にありとも思ふ　晶子

「明星」八号（明治33・11）に載った二人の歌の、この落差は大きい。誰の目にも、勝利者がどちらか一目瞭然《りょうぜん》だっただろう。翌年夏に刊行された『みだれ髪』の「白百合」の章は、ほぼ全編登美子に捧げられた歌ともいえる。登美子の雅号は白百合。晶子は白萩。白萩から白百合へのオマージュは、鉄幹をめぐって繰り広げられた恋のモニュメントであり、それゆえ哀切に美しい。

現在残っている二人の写真、椅子に座る晶子の傍らで斜め横顔を見せながら登美子が膝をついた写真は、粟田山に宿をとったその日に撮影したものである（225頁）。

年があらたまった。明治三十四年一月三日、堺・浜寺で晶子は河井酔茗、河野鉄南らと新年歌会をおこなった。鉄幹は同三日、鎌倉の新詩社同人たちの会に出席し、その足で関西へ足を向けた。六日には神戸で新詩社神戸支部発足会。七、八日は大阪。そして九日、鉄幹の足取りは途絶える。実はこの日から三日間、晶子と二人で京都・粟田山の辻野旅館に宿を借りて心燃えるままに愛し合い、鉄幹の両親の墓参などしたのだった。登美子を交えて悲しみの一夜を過ごした二ヶ月後、今度は鉄幹と晶子が二人で同じ宿を訪ねるというのは、考えようによっては大胆なことである。

明治三十四年は一月に「明星」十号が出たあと、一ヶ月飛んで三月に十一号が発刊。晶子は十号で六十首も発表したが、十一号では「おち椿」と題する七十九首に加え「落紅」八首、計八十七首という誌面を圧倒するばかりの作歌数である。さらに十二号（明治34・5）は「朱絃」四十七首を中心に計六十二首。恋の激情が煽る極彩色の輪舞はとどまるところを知らない。

乳ぶさおさへ神秘《しんぴ》のとばりそとけりぬここなる花の紅《くれなゐ》ぞ濃き
道を云はず後をおもはず名を問はずここに恋ひ恋ふ君と我れと見る
ひと枝の野の梅をらばたりぬべしこれかりそめのかりそめのわかれ
乱れ髪を京の島田にかへしあさ臥していませの君ゆりおこす
春みぢかし何に不滅のいのちぞとちからある乳を手にさぐらせぬ
歌にきけな誰れ野の花に紅き否《いな》むおもむきあるかな春罪もつ子

『みだれ髪』発表時には「君さらば巫山の春のひと夜妻《よづま》またの世までは忘れゐたまへ」に改作された「君さらば粟田の春のふた夜妻またの世まではわすれ居給へ」は、鉄幹宛の書簡二月二日付けに添えられたもの。粟田山再会から一ヶ月を経ないうちに詠まれた一首である。心をとろかせる三日間であり、プラトニックラヴを凌駕《りようが》する男女の愛の激しさを晶子に教えた二夜だった。その名状しがたい衝撃に貫かれたあとの動揺が、発表された歌にも発表されなかった歌からも自《おの》ずと伝わってくるのである。

一方で、新たな苦悩が始まった。子供まで生《な》した妻と本当に鉄幹は離別を決意できるのか。別離したとして、自分が突き進もうとする恋は両親に賛成されるはずもなく、それはすなわち家も両親も捨てることを意味する。郷里に足を踏み入れることもできなくなるだろう……。晶子はひとりで思い詰めていった。

そんな中、林滝野から鉄幹との離縁を告げる手紙が晶子に届いたらしく、これに対しての滝野宛《あて》晶子の書簡（三月十三日付け）が残されている。「うれしく候　ミ情うれしく候（略）この子　にくしとこらし給ハぬがくるしく候　この後はたゞひろき　ミ文をさしたのミまゐらすべく候　ゆるさせ給ふべくや　つミの子この子かなしく候（略）」。

晶子は自分を「つミの子」と呼ぶ。恋すべき男性でない人に思い焦がれ、結果として男に妻子を捨てさせようとしている。そんなことが果たしてこの世で許されることなのか。そんな自責の念が胸を苛むのだろう。恋することは罪、恋する自分は罪を背負った子。「つミの子」という言葉はかつて河野鉄南に送った手紙にも見られる。強く思慕しながら一転して鉄幹へ思いを傾けたことを告白し、晶子は「われはつミの子になり申候（略）高師の松かげにひとのさゝやきうけしよりのわれはたゞ夢のごとつミの子になり申候」と書いたのだった。このときは同じ罪の意識でも、心変わりについての自己弁護のニュアンスを含んだ幾分気分的な罪の意識だった。しかし滝野に宛てた書簡では、自明の非を詫びる意を汲み取ることができよう。

このころ鉄幹も試練に立たされていた。三月十日、怪文書『文壇照魔鏡　第壱　与謝野鉄幹』が架空の発行者・出版社で刊行され、鉄幹が強盗、詐欺、放火、淫行など十七の大罪を犯していると告発。文壇関係者や新聞雑誌社に送られたことで不審を買い、鉄幹は無実を晴らすため犯人と目される人間を告訴したが、証拠不十分で敗訴した。鉄幹からすれば一方的に誹謗《ひぼう》され、裁判への対応を余儀なくされて奔走し、さらに敗訴である。「明星」十一号の発行予定は二月から三月二十三日へ変更され、十三号は五月二十五日となる。「明星」購読者は三分の一にまで落ち込んだという。几帳面で神経質なところのある鉄幹は精神的に相当なダメージを受けただろう。前年八号（十一月刊）は、「明星」掲載の裸婦像について風俗壊乱との理由で内務大臣から咎《とが》めを受け発禁処分になったが、このときを凌《しの》ぐ衝撃が鉄幹を襲った。「明星」十二号には、

われ似ずや上羽《うはば》みなから血に染みて春の入り日にかへりこし鳩　鉄幹
人の名は魔に奪はせて我悔いずここにほゝゑむ恋の子詩の子

幸おはせ羽やはらかき鳩とらへ罪ただしたる高き君たち　晶子

窮地の鉄幹に対して、晶子は郷里から精一杯のエールを送るほかない。当初は四月末に上京を予定していたらしい晶子だが、「六月の初めにのばすべくや」(5・3)との鉄幹からの手紙が残されているところをみると、身辺があまりに慌ただしく、晶子を迎えられる状態ではなかったのだろう。滝野が実際に郷里に帰ったのは四月に入ってからというが、連れ帰る子供はまだ産まれて半年余り。鉄幹にとっての初の男児でもある。不憫さから彼の心底に離別への迷いがなかったとは断言できない。

六月に入った。発狂せんばかりに懊悩《おうのう》する晶子を見るに見かねた母は、晶子に暗黙の了解を与え、こうして晶子は家を出た。

六月十四日。到着したのは、東京新詩社のある東京府豊多摩郡渋谷村中渋谷二七二。現在の渋谷道玄坂あたりである。ただしおそらくは「明星」同人たちへの体面もあったのだろう、晶子はそこからほど近い同人・栗島狭衣のもとにとりあえず落ち着くことになる。それから程なくして鉄幹との同棲が始まったか。晶子、満二十二歳と六ヶ月だった。

かたちの子春の子血の子ほのほの子いまを自在の羽《はね》なからずや　晶子
「明星」（明治34・7）

狂ひの子われに焔《ほのほ》の翅《はね》かろき百三十里あわただしの旅　『みだれ髪』

ところが晶子は現実というものにここで初めて対峙《たいじ》する。鉄幹が両手を広げて待っているかの期待を抱いていたのも束の間、新詩社の茶話会で同人たちに紹介された晶子は、そこで招かれざる客である自分を発見する。同人からすれば、歌才豊かな晶子への興味はあっただろうが、「文壇照魔鏡事件」の余韻がまだ生々しい時期だけに一種のアレルギーもなかったとは言えない。鉄幹の身辺を擁護したい気もあっただろう。同人たちの抵抗を受け、また晶子の郷里からも帰京を勧める手紙が来たことで、一時は鉄幹も晶子に堺へ帰るよう説得した。さまざまな心労が重なり、満身創痍《そうい》の現状を支えるには彼は疲れ過ぎていたのかも知れない。

いつの春かわかきなげきの一人子をもてあましたるこの国ちさき　鉄幹
「明星」（明治34・7）

晶子はたぶん大きな失意の淵《ふち》に突き落とされたことだろう。誰を頼りに命がけで上京したのかと、鉄幹を恨みもしたに違いない。堺へ戻るくらいなら、死ぬとまで訴えた。晶子が再び鉄幹の心をつかんだのは、彼女の情熱の強さと才能の大きさそのものによる。鉄幹は「明星」に煌々《こうこう》と照る一等星を手放すわけにはいかないと、ある時点ではっきり悟った。そして晶子の歌集『みだれ髪』は、このとき鉄幹の脳裏にきらめきながらイメージされただろう。

■『みだれ髪』は二十世紀を拓《ひら》いた歌集

明治三十四年八月十五日、『みだれ髪』が上梓《じょうし》された。晶子の上京から二ヶ月後のことである。署名は鳳昌《ママ》子。正式な結婚を前にした晶子の立場をよく物語っている。版元は東京新詩社と伊藤文友館の二社。定価三十五銭。判型は三六判という縦長の小型で紙製本。現在市販されている一筆箋ほどの大きさだ。装幀と挿画は藤島武二*。三色刷り。ハート型に囲まれた女性の横顔と、女性の髪を貫く矢、赤色系の色調は、「明星」ロマンティシズムを的確に具現したといえる。「この書の体裁は悉く藤島武二先生の意匠に成れり。表紙画みだれ髪の輪郭は恋愛の矢のハートを射たるにて矢の根より吹き出でたる花は詩を意味せるなり」との一文が扉次頁にある。本文百三十八ページ。収録された三百九十九首は六章に分載。「臙脂紫」九十八首、「蓮の花船」七十六首、「白百合」三十六首、「はたち妻」八十七首、「舞姫」二十二首、「春思」八十首。初版発行部数は不明。

『みだれ髪』は刊行直後から毀誉褒貶《きよほうへん》の嵐に巻き込まれた。その最初の反応として次のようなものがあった。

雑誌「太陽」九月号に掲載された「鳳昌子が才情の秀絶は吾人の認むるところ、其《そ》の歌詞新たにして高く、情清くして濃、慥《たしか》に一家の風格を具《そな》へたり。唯其の晦渋《かいじゅう》なるの一事は、必ずしも其の意の幽微を以てのみ見るべからじ」との評。才能は充分に認めるが、歌意の了解できぬ歌も多いという。「夜の帳の」「歌にきけな」「血ぞもゆる」「椿それも」の四首を挙げ、「開巻の数首其の意を領し得るもの果して幾人ぞ」と結んでいるところを見ると、一応好意的に受け止めているものの幾分の戸惑いは隠せない、といったところか。

評者の言う「晦渋」つまり難解さは、当時においてすら晶子独特の省略の多い表現を一般読者が理解しにくかったという事実を裏付けている。同時にこれは、「明星」内部の人間が共有するグループ内の閉鎖的言語、言い換えれば隠語に近い言葉の問題があったことを意味してもいる。たとえば「紅」「紫」「春」「百合」に託された意味合いを了承していない外部の人間にとって、『みだれ髪』は読み解くのに手続きのいる世界だった。けれども評者は、手続きの手段を持たないもどかしさを感じつつ、若い女性の恋の高揚感やそこから発散する濃厚な情念はちゃんと認めている。

反対に、歌誌「心の華」九月号では、まさに口角泡をとばす勢いの囂々《ごうごう》たる非難が載せられた。「敢《あえ》て此の芸妓、夜鷹輩《ばら》の口にすべき乱倫の言を吐きて、淫を勧めんとはする。（略）美は道徳の規範を以て成敗すべきものに非ずといふと雖《いえど》も不徳不義なるもの豈《あに》以て美の高尚なるものと為すべけんや、此一書は既に猥行醜態を記したる所多し人心に害あり世教に毒あるものと判定するに憚《はば》からざるなり」。

これほどまでに評者を刺激し、逆上させたのは、慎み深くあるべき若い女性の晶子が、恋愛や性愛に直結するイメージをあまりにも恐れ気なく大胆に表現した、その能動的な姿勢による。隠蔽されることをもって美徳とした女性の身体を誇示し、さらに自らの身体をナルシスティックに表して憚らない姿勢。相手（女性より地位の高い筈の男性）の反応を想定して挑発し、からかい、諭し、ときに命令口調や禁止の口吻でもの言い放つ。たとえば次のような作品である。

春みじかし何に不滅《ふめつ》の命ぞとちからある乳を手にさぐらせぬ
ゆあみする泉の底の小百合花《さゆりばな》二十《はたち》の夏をうつくしと見ぬ
経《きやう》はにがし春のゆふべを奥の院の二十五菩薩歌うけたまへ

そしてほとんど独善的とも指弾されかねない言葉運び。たとえば、

春雨にゆふべの宮《みや》をまよひ出でし子羊君《こひつじきみ》をのろはしの我れ

唐突なまでの聖書的素材の混入と、「のろはしの我れ」といった強引な連体形の変形は、良識的な読者を混乱させ得体の知れない不安感をもたらすだろう。この特異な「の」の使い方は三十四年になってから晶子に頻出するようになるが、文法をねじ曲げても溢れる思いを言葉に繋ぎ止めたいとの切迫した印象を、誰もが歓迎するはずはない。

あらゆる意味で露出度が高すぎ、自己肯定意識が強すぎるのである。評者の強い反発や不快感は、『みだれ髪』が彼の女性観や道徳観、美意識を大きく裏切っていたことに発し、それが一方で華麗な言葉遣いと圧倒的な才質をいやおうなく見せつけられた苛立ちによってバイアスがかかったのではないか。その後数々書かれた『みだれ髪』への感情的な攻撃や反発も、およそこうした範囲の理由に帰着するだろう。

一方、鉄幹は『みだれ髪』効果とでもいうべき反応の大きさを、刊行当初から予想し、あるいは期待していたと思われる。翌月の「明星」誌上での論陣は周到に敷かれた。当

時、東京高等師範学校英語科で教鞭をとり、詩、翻訳、評論で頭角を現していた上田敏＊＊が、長文「『みだれ髪』を読む」で応えた。

「『明星』の女詩人晶子鳳氏の歌集『みだれ髪』は瀟洒《しようしや》たる一篇の美本に綴《つづ》られ、斬新の声調、奇抜の思想を歌ひ、この夏文界の寂寥を破りて、殊に歌壇の語り草となりぬ。兎角《とかく》の世評、われは読み破らむ根気も無けれど、憨態《かんたい》を歌ひ、恋情を煽るに過ぎずと、おほまかの月旦に云ひけたむとする今の評家は、日頃の文芸論、審美説にもふさはしからず、かゝる折にのみ道学先生の口吻を模《ま》ぬる可笑《おか》しさよ。

明らさまに云はば、今の短歌、新体詩の類はわが好まざる所、命なく、心なく、偽多く、品つくりて、たけ高き言葉に穉《いとけな》げなる思想を蔽ひしのみなる青年の作に、何の慰藉《いしや》、闡明《せんめい》かあるべき。（略）

『みだれ髪』は耳を欹《そばだ》てしむる歌集なり。詩に近づきし人の作なり。情熱ある詩人の著なり、唯容態のすこしほのみゆるを憾《うらみ》とし、沈静の欠けたるを瑕《きず》となせど、詩壇革新の先駆として、又女性の作として、歓迎すべき価値多し。其調の奇峭《きしよう》と其想の奔放に惘《あき》れて、漫《みだり》に罵倒する者は文芸の友にあらず」

『みだれ髪』は、それまでほとんど無名だった地方出身の若い女性を、一躍、文壇の中央に押し出し、さらに文壇を超える事件、現象にさせた。一時は激減した「明星」購読者や新詩社同人たちは各地で一気に増え、『みだれ髪』は版を重ねた。

のちに斎藤茂吉はこう書いた。「早熟の少女が早口にものいふ如き歌風であるけれども、これが晶子の歌が天下を風靡《ふうび》するに至るその第一歩としての讃否のこゑ喧しく、新詩社のものも新詩社以外のものも、歌人も非歌人も、この歌集の出現に驚異の眼を瞠《みは》つたのである」（「明治大正短歌史概観」昭和4）。

しかし一番驚いたのは晶子本人だったのではないか。「明星」という文芸集団にいてこそ自分の位置は明確だったが、その枠組みを超えたところで見も知らぬ人々から誉められ、噂され、揶揄《やゆ》され、嘲笑されるようになったのである。当時、渋谷はまだ武蔵野の自然が残る田舎で、電気も水道も引けてなく、晶子は水を汲みに遠くの井戸まで行かねばならなかった。三軒長屋の小さな一軒分を借りて住む貧しい生活の中から、晶子の歌、鉄幹のプロデュースで二ヶ月にして『みだれ髪』が編まれ、それが形となって一人歩きし世の中を騒がせている。実生活と作品世界との乖離《かいり》はともかく、『みだれ髪』が彼女の頭上を越えて波紋を広げていったとき、晶子は歌を詠む意味をそれ以前と違った感覚で受け止めたのではなかったか。

『みだれ髪』は、近代人の自我の解放と表出を極限まで突き詰め、決定づけた歌集である。そして旧弊な世間的通念を向こうに回して、恋愛という男女関係の根本に燃えるエネルギーを噴射させ、女性の意思と感情を美的肯定的に打ち出した歌集でもある。一九〇一年に刊行の『みだれ髪』は、この意味で二十世紀を拓いた歌集と言っていい。

＊藤島武二は一八六七年（慶応三）生まれ。「明星」との直接の関わりは明治三十四年三月（十一号）から表紙挿画を手がけたときに始まる。それ以前（六号から十号まで）は一条成美が担当したが、一条が東京新詩社を退社したことで藤島に交代。当時藤島は東京美術学校西洋画科助教授、「白馬会」の画家として著名だった。初期には二十四年に発表の油絵「無残」で森鷗外の絶賛を受け、以後、鋭敏な感性を羽ばたかせてロマンティックな作品を世に送る。「明星」の表紙は三十四年から三十九年まで担当。晶子、森鷗外、上田敏、蒲原有明、馬場孤蝶ら「明星」系の人々との交際を通して西欧の新しい感受性を磨き上げたと評される。『みだれ髪』のほか晶子の第二歌集『小扇』（明治37・1）、鉄幹・晶子の合同詩歌文集『毒草』（同37・5）の装幀も。ちなみに三十九年から四十三年までフランス、イタリアに滞在した。

＊＊翻訳詩集『海潮音』（明治34・10）により、日本に象徴詩を紹介。詩壇に大きな影響を与えた上田敏は、「明星」の初期から深くかかわっていた。『海潮音』の詩の大半は「明星」が初出。与謝野寛、晶子にとっては、森鷗外とともに精神的支柱となった存在である。

■「明星」、星々の隆盛と失墜

『みだれ髪』の反響が盛り上がる中、鉄幹と晶子は同じ渋谷村内で引っ越しをする。以前の住まいは前妻滝野が生活していた場所でもあり、雑用を任せる老女が滝野に同情して晶子になにかと敵対意識をもっていたためとされる。そして十月一日、二人は木村鷹太郎の媒酌で晴れて結婚した。晶子が与謝野姓を名乗るようになったのは、翌年一月十三日の入籍以後である。同年十一月、長男・光が誕生。命名は上田敏だった。

家事、育児、「明星」にまつわる経理や雑事、そして新詩社に出入りする人との対応で晶子の毎日はかなり忙しい。しかも衣食にも不自由するほどの貧しさ。しかし彼女はおよそ愚痴るということをしない女性だった。それより辛かったのは三十六年九月に父が脳溢血《のういっけつ》で急逝したとき、長兄・秀太郎の厳命で葬儀にも出席できなかったことだ。秀太郎は当時、東京帝国大学工学部助教授だったが、晶子の結婚に反対し、ついに生涯を通して晶子とは義絶の道を辿る。「御葬送《みおく》りにやつれぎぬ着る中《なか》の子をかへり見まさでよき道おはせ」「さらば父地《つち》の百里は隔てありぬ我家《わがや》の笑みを天《あめ》に見たまへ」。（『毒草』明治37・5）

明治三十七年一月、晶子は二冊目の歌集『小扇』刊行。激情は鎮まって安定した恋の満足感のなかで艶やかな匂いが歌に立ちこめはじめる。

川ひとすぢ菜たね十里の宵月夜《よひづきよ》母がうまれし国美くしむ

したしむは定家が撰《え》りし歌の御代式子《しきし》の内親王《みこ》は古りしおん姉

「こしかたやわれおのづから額《ぬか》くだる謂はばこの恋巨人《きょじん》のすがた」とも歌う晶子は、恋の圧倒的なエネルギーに突き動かされてきた自らをこう表すのだった。

同年七月、次男・秀《しげる》が誕生。そして九月、日露戦争に出征した弟・籌三郎の身を案じて詠んだ八行五連の長詩「君死にたまふこと勿《なか》れ」(「明星」掲載)が、直後に思わぬ批判を浴びる。

「あゝをとうとよ君を泣く／君死にたまふことなかれ／末に生まれし君なれば／親のなさけはまさりしも／親は刃《やいば》をにぎらせて／人を殺せとをしへしや／(略)

君死にたまふことなかれ／すめらみことは戦ひに／おほみづからは出でまさね／かたみに人の血をながし／獣の道に死ねよとは／死ぬるを人のほまれとは／大みこゝろの深ければ／もとよりいかで思《おぼ》されむ(略)」

評論家・大町桂月は翌月、雑誌「太陽」で「さては宣戦詔勅を非議す。大胆なるわざ也」「世を害するは実にかゝる思想也」と非難した。晶子は「ひらきぶみ」を書いて反論し、この詩は歌人として戦地の弟を思う姉の真情を吐露したものであり、「私はまことの心をまことの声に出し候とより外に、歌よみかた心得ず候」、「太相危険なる思想と仰せられ候へど、当節のやうに死ねよ〳〵と申し候こと、又なにごとにも忠君愛国などの文字や、畏おほき教育勅語などを引きて論ずることの流行は、この方却《かえっ》て危険と申すものに候はずや」と撥《は》ねつけた。大町桂月はさらに過激な論評を下したが、鉄幹と新詩社同人で弁護士の平出修が直談判に大町宅を訪れ、ひとまずの決着をつけた。

この長詩は翌三十八年一月、合同詩歌集『恋衣』に収載されることになる。合同というのは、晶子に、山川登美子、増田雅子の二人を加え、今をときめく「明星」の女流三歌人の魅力を総花的に見せようとの鉄幹の意図だった。

山川登美子は三十五年末に夫を結核で亡くし、一時は若狭の郷里に戻っていたが、三十七年四月、勉学の道を選んで東京の日本女子大学英文科に入学した。ひとときは「明星」への出詠もままならなかった登美子だが、いまや女子大生として生き生きと学生生活を送り、凜々《りり》しい中にもしっとりした色香を備えて晶子たちの前に立ち現れた。鉄幹は俄然、張り切った。生活に疲れた晶子を後目《しりめ》に登美子へそぞろ接近し、登美子も晶子を意識しながら次第に鉄幹を受け入れていく。四年前に一度解かれた恋のトライアングルが、新たな緊迫を孕《はら》んで立ち上がってきた。

白梅の雅号をもつ増田雅子についても、実は鉄幹は並々ならぬ関心をもち続けてきた。しかし雅子の控えめで落ち着いた性格からすれば燃えるような恋愛には発展することなく、節度を保った師弟関係にとどまったようだ。登美子と同年に日本女子大国文科に入学するため大阪から上京し、新詩社にも出入りするようになった雅子は、新詩社同人で東大独文学の学生・茅野蕭々《しょうしょう》とやがて結婚することになる。

鉄幹の思惑通り『恋衣』は話題を呼び、版を重ねた。晶子、満二十六歳。若さと才気は彼女をさらに自在な歌世界へ導いている。

海恋し潮の遠鳴りかぞへては少女《をとめ》となりし父母の家　晶子
鎌倉や御仏なれど釈迦牟尼《しやかむに》は美男におはす夏木立かな　同

「明星」はこのころまさに全盛だったといっていいだろう。鉄幹は本名の寛を名乗るようになった。一方で晶子の嫉妬は標的を定めて具体的になり、「君帰らぬこの家《や》ひと夜《よ》に寺とせよ紅梅どもは根《ね》こじて放《はふ》れ」「ゆるしたまへ二人を恋ふと君泣くや聖母にあらぬおのれの前に」（『舞姫』明治39・1）など、寛への怒りをあからさまに詠むのだった。
ところが嫉妬の相手、山川登美子は亡夫からうつされた結核が発病し、同年晩秋に入院。翌年になって退院したが、夏には姉の嫁ぎ先の京都へ身を寄せる。翌四十年四月に日本女子大学を退学。ひとときは姉のもとで静養したかいあって持ち直したかに見えたが、四十一年一月、父の危篤の報に無理を強いて帰郷し、そのまま病臥の人となる。寛と登美子との間にどの程度の緊密な愛情関係があったかわからない。ただ四十二年四月に登美子が亡くなったとの知らせを受け、寛と晶子が発表した歌から、およそを察することはできるだろう。「君なきか若狭の登美子しら玉のあたら君さへ砕けはつるか　寛」

「背とわれと死にたる人と三人して甕《もたひ》の中に封じつること　晶子」。この二首は、「明星」廃刊後に創刊した「トキハギ」(明治42・5) に掲載された。

話を戻そう。三十八年に『恋衣』を刊行した時点で、「明星」は女流歌人の最盛期だった。同年の登美子の思いがけない発病を乗り越えて「明星」が迎えた幸運は、翌年春以降の北原白秋、吉井勇ら若手男性の活躍だった。晶子も『舞姫』『夢之華』の二歌集を刊行。その作品にあふれる豊麗な色彩感覚とドラマティックな構成力は、もはや他の追随を許さないものとなっていた。

高き家《や》に君とのぼれば春の国河遠白《とほじろ》し朝の鐘なる　『舞姫』

夏のかぜ山よりきたり三百の牧の若馬耳ふかれけり　同

おそろしき恋ざめごころ何を見るわが眼《め》とらへむ牢舎《ひとや》は無きや　『夢之華』

地はひとつ大白蓮《だいびやくれん》の花と見ぬ雪の中より日ののぼる時　同

四十年二月、双子の出産を控える晶子に郷里の母・津祢はこまごまと愛情をこめた手紙をしたため、おむつや衣類などを送る手紙を寄越した。その二日後、津祢は脳溢血で急逝。その死は三月の出産以後、ようやく晶子に知らされた。「夢の中に御名《みな》よぶ時も世にまさぬ母よと知りてさびしかりしか」は、同じその年の暮れに晶子自身も脳溢血に倒れた際の歌である。森鷗外が名付け親となった女児たちは八峰、七瀬。「明星」への執筆を惜しまず歌会にも参加した鷗外は、寛と晶子への強力な支援者でありまた優れた理解者でもあった。四十五年に晶子が渡欧する際は『新訳源氏物語』の校正まで引き受けたといわれる。「婿《むこ》きませひとりは山の八峰《やつを》こえひとりは川の七瀬わたりて　鷗外」。

文学の潮流は、三十年代終わり頃から浪漫主義を離れ自然主義へと激しい勢いで動いていった。この流れに対して寛は浪漫主義を標榜する立場から反論し、その反論もいささか感情論に傾いていたものだったことから「明星」の若い世代を納得させることが難しくなった。また白秋ら優れた才能の煌《きら》めきを見せる若手との摩擦が高まって、四十一年一月、ついに白秋、勇、太田正雄(木下杢太郎)ら七人は「明星」脱退を表明する。これが「明星」の命運を決定した。失望と徒労感の下で、皮肉と卑下慢がこれ以後の寛の歌と実生活でのスタイルとなり、子供たちや晶子にしばしば当たった。

わが雛はみな鳥となり飛び去《さ》んぬうつろの籠のさびしきかなや　寛『相聞』
蛇きつね火つけ盗人《ぬすびと》かどはかしをかしき名のみ我は貰ひぬ　同

神経質で気むずかしく、芸術家肌でプライドの高い寛は、時流に乗っている間こそ筆に勢いを持ち、『鉄幹子』(明治34)『紫』(同)『うもれ木』(明治35)『毒草』(明治37)などの詩歌集を発刊できたが、その後は四十三年の『相聞』『橅之葉』まで、作品を一冊としてまとめることは困難な状態となった。新聞選歌や原稿の依頼があり、歌集として売れるのは、はっきり晶子の方だった。四十一年七月、晶子は七冊目の歌集『常夏』を刊行。そしてついに十一月、「明星」は百号をもって廃刊。

『啄木日記』にはその年の与謝野家の状況や廃刊時の晶子の姿についてこう記されている。「五月二日（略）新詩社並びに与謝野家は、唯晶子女史の筆一本で支へられて居る。そして明星は今晶子女史のもので、寛氏は唯余儀なく其編集長に雇はれて居るやうなものだ！」「一一月二日（略）さて、日本画館の中で、晶子さんと其子らに逢つた。薄小豆地の縮緬の羽織がモウ大分古い――予は晶子さんにそれ一枚しかないことを知つてゐた。――そして襟の汚れの見える衣服を着てゐた。満都の子女が装をこらして集つた公苑の、画堂の中の人の中で、この当代一の女詩人を発見した時、予は言ふべからざる感慨にうたれた」。晶子を姉のように慕う啄木の同情がよく伝わる。また啄木だけでなく、白秋らも等しく晶子には尊敬と親愛の情を持ち続けていたらしい。

「当代一の女詩人」は疲労の極地にあった。が、家計を担うためには貧窮という現実に頭《こうべ》を垂れて卑屈になったり逃げを決め込むことはできなかった。四十二年、三男・麟《りん》の出産後には八冊目の歌集『佐保姫』を刊行。四十三年生まれの三女・佐保子、四十四年の難産の末の四女・宇智子（双生児だったが一人は死産）は里子に出された。おそらくはそれがぎりぎりの選択だった。晶子、三十二歳。

■パリの石畳を歩いた晶子、その後

明治四十四年、夫婦間の齟齬《そご》と亀裂は極限にきていた。それを打開するために、寛を蘇生させるために、晶子は寛にパリ行きを勧める。生活さえままならない中で渡欧費用を捻出する困難がどれほどのものであったか、想像を絶する。寛は兄たちの支援を求め、晶子は金屏風に百首を書いて頒布するなど、懸命な金策が図られた。歌集『春泥集』はこの年一月に刊行されたが、「わが背子に四十路《よそぢ》ちかづくあはれにも怒らぬ人となり給ふかな」「わが家《いへ》のこの寂しかるあらそひよ君を君打つわれをわれ打つ」など、やるせない心情は痛ましい。それを乗り越えるための寛の渡欧は、十一月に決定。四十二年から神田区駿河台、麹町区中、と住居を移していたが、家族が減るということでさらに小さい家を近所に借りることになる。

船航路で寛が旅だったあと、晶子に訪れたのは深い喪失感と寂寥《せきりょう》だった。「君こひし寝ても醒めてもくろ髪を梳きても筆の柄《え》をながめても」(『青海波』)。寛は船の停泊先から、またパリに到着してからも晶子に渡欧を促し、ぜひともパリでいっしょに見聞を広げようという。執筆料の前借りをし、寄付を仰いで晶子が寛のもとへ自分も行こうと決意したのは、パリへの興味からではない。ひとえに夫恋しさが高じての死に物狂いの行

幼時の晶子（中央）

与謝野鉄幹（寛）

明治33年11月5日に撮影した
晶子（右）と山川登美子

明治34年10月、木村鷹太郎の媒酌で鉄幹と結婚。その後間もないころの鉄幹と晶子

「婦人画報」(明治45年6月)の口絵に掲載された晶子。説明には「夫君鉄幹氏の滞在せる仏国巴里に向け五月五日出発したる与謝野晶子女史。服装は特に三越に注文したる派手好み、花の都に花の姿を謡はるゝも近くにあるべし」とある

大正４年ころ、左より寛、晶子、茅野蕭々

大正８年、家族そろっての記念写真。前列右より長女八峰、三男麟、次女七瀬、六女藤子、晶子、四男アウギュスト（昱）、寛、五男健、後列右より長男光、甥武田米太郎、次男秀。ここには写っていないが、三女佐保子、四女宇智子、五女エレンヌ、そして生後２日で死んだ六男寸と、晶子は12人の子を産んだ

写真　「新潮日本文学アルバム　与謝野晶子」より

大正12年の晶子。洋行以後、昭和4年ころまではしばしば洋装し、好きな帽子をかぶった

昭和4、5年ころ、荻窪の家の庭にて

動だった。そんな矢先、四十五年四月、啄木が死去。

啄木が嘘を云ふとき春かぜに吹かる、如くおもひしもわれ　晶子

「東京日日」(明治45・5・3)

同年五月、晶子は新橋駅から渡仏の途に出る。旅費を浮かすためと早く彼の地へ到着したいために、シベリア鉄道経由を選んだ。そして慣れない外国語圏の旅に疲労困憊した晶子を待っていたのは、懐かしい夫と美しいパリの初夏だった。モンマルトルの一室を借り、シャンゼリゼ通りを歩き、夜遅くまでカフェやレストランで楽しいひととき過ごして、晶子と寛は恋人どうしに戻ったかのようだった。

ああ皐月仏蘭西《フランス》の野は火の色す君も雛罌粟《コクリコ》われも雛罌粟　晶子

物売《ものうり》にわれもならまし初夏《はつなつ》のシヤンゼリゼエの青き木《こ》のもと

『夏より秋へ』(大正3・1)

二人はパリを中心にトゥール、ヴェルサイユ、フォンテーヌブローなどフランス国内を巡っただけでなく、ロンドン、ウィーン、ミュンヘン、ベルリンといった西欧の大都

市を訪れ、それぞれ紀行文を新聞等に発表した。尊敬する彫刻家ロダンに会ったりもし、それらの体験は帰国後、共著『巴里より』（大正3・5）に結実。晶子にとっての収穫は、パリの女性たちのファッションやロンドンの女性たちの女権拡張運動などさまざまな刺激を受けることで、大正期を通しての評論活動の基底を太らせることになったことだった。渡欧直前の歌集『青海波』での出産の歌一連、最初の感想評論集『一隅より』における男女観の披瀝《ひれき》は、同じころ創刊された平塚らいてうの雑誌「青鞜《せいとう》」に先んじる、鋭い女性論の端緒だったといえる。ちなみに晶子は、のちに「山の動く日」と改題される詩「そぞろごと」を『青鞜』創刊号に寄稿。らいてうを感激させたという。帰国直前に文化総合誌「レザンナアル」から請われて載せたフランス印象記「巴里に於ける第一印象」は率直で、歓楽街モンマルトルに下宿して見た娼婦たちをめぐる状況や、下町で働く女たちの生き生きした姿を認め、晶子の曇りない目をうかがわせる。イギリスに比較してのフランスでの女権運動の遅れを指摘したことについては、読者から反論もあった。

寛の妹にあずけた子供たちへの切実な情愛とホームシックから帰国を急いだ晶子は、すでに八人目の子を身籠もってもいた。同年十月に帰国。そして子供たちとの再会を果たすや、フランスで別れた夫が恋しくてならぬ。「今さらに我れくやしくも七人《ななたり》の子の母として品《しな》のさだまる」「身は痩せぬしら刃《は》の如き別離をばわがおもひ出の中に見るたび」。（『夏より秋へ』大正3・1）

帰国後の晶子は再び執筆に忙殺される。大正二年、四男・アウギュスト（昱《いく》）が生まれた二ヶ月後には長編小説「明るみへ」を朝日新聞に連載。一月に帰国し、再起を期していた寛には、ところがはかばかしい仕事の依頼もない。渡欧前の屈辱と焦燥がよみがえり彼を苛《さいな》んだ。苦悩の中で訳詩集『リラの花』を刊行するが反響はまったくなく、ついに大正四年、京都府から衆議院議員選挙に立候補し、落選。この夏に刊行の寛の詩歌集『鴉《からす》と雨』は、さらに自費出版となった。寛、四十二歳。晶子、三十六歳。

■〈火の鳥〉のような成熟の女から晩年へ

大正期の晶子の歌集は、欧州体験を含む『夏より秋へ』（大正3）に始まって『さくら草』『朱葉集』『舞ごろも』『晶子新集』『火の鳥』『太陽と薔薇《ばら》』『草の夢』『流星の道』『瑠璃光《るりこう》』と非常に多作である。中年期に至った晶子の円熟ぶりといえばそのとおりだが、高らかに恋を歌った時代は過ぎ去り、いくぶん苦い屈託や若さの衰えを意識した作品が目立つようになる。ただ好きな花々や樹木を眺める時だけは無邪気なまでに明るく詠まれ、晶子の純粋な一面がうかがわれるのである。

ありとある悲しみごとの味《あぢはひ》の皆見ゆるかなわがすなる恋　『さくら草』
美しき小き魚《うを》の遊ぶごと金盞花《きんせんくわ》咲く一坪ばかり　『朱葉集』

女より選ばれ君を男より選びし後《のち》のわが世なり是れ　『舞ごろも』
遠き山雪被《かつ》く日となりぬれば親しくわれと目くばせをする　『晶子新集』
物云へば今も昔も淋しげに見らるる人の抱く火の鳥　『火の鳥』
悲しくも若さの尽きし身ぞと云ふ今中天《ちゆうてん》に太陽は居て　『太陽と薔薇』
劫初《ごふしよ》より作りいとなむ殿堂にわれも黄金《こがね》の釘一つ打つ　『草の夢』
浦島がやうやく老をさとりたるその日の海の白波ぞ立つ　『流星の道』
君亡くて悲しと云ふを少し越え苦しと云はば人怪しまん　『瑠璃光』
休みなく地震《なゐ》して秋の月明にあはれ燃ゆるか東京の街　同

『瑠璃光』の二首は、有島武郎の心中事件、関東大震災、それぞれを詠んだもの。四十代半ばの憂愁と恐怖のあとの放心は、晶子に人生のある区切りを感じさせたのではなかったか。晶子は寛とともに、大正十年に創設された学校・文化学院の学監となり、教育者としての第一歩を歩み始めていた。理想的な子供の教育を行おうという西村伊作に共鳴してのことだったが、ただひとつ誤算があった。刊行まで百ヶ月の予定を立て、以後十年を費して執筆した『源氏物語』現代語逐語訳の草稿を文化学院に置いておいたところ、大震災によって焼失してしまったのだった。あと「宇治十帖」を残すだけだったということ。

晶子は大正に入って『新訳栄華物語』『和泉式部歌集』『新訳紫式部日記／新訳和泉式部日記』『新訳徒然草』をすでに刊行していた、幼少期からの古典文学への愛をこうした形で結実させてきた。『新新訳源氏物語』こそは、その総決算ともいえるものだったため、焼失は痛手であった。

寛の苦悩と葛藤をそばに見守りながら、生まれた子供たち、五女・エレンヌ（里子）、五男・健、六男・寸（夭逝）、六女・藤子の育児をし、学齢期の子供たちの教育に気をつかってきた晶子だった。求められれば何でも書き、詩、童話、短歌の解説書など、複数冊手がけた。感想評論集も大正時代だけで『雑記帳』から『砂に書く』まで実に十一冊を数える。教育論、女性論、社会時評など幅広いテーマで執筆し、女性参政権にまで筆は及ぶ。中でも注目を浴びたのは、いわゆる「母性保護論争」。大正五年、平塚らいてうが発表した「母性の主張に就いて与謝野晶子氏に与ふ」（「文章世界」）が発端となり、そこへ山川菊榮、山田わか子らが加わって論陣が張られ、晶子は七年「太陽」に「平塚・山川・山田三女史に答ふ」を書き論点の差違を明確にした。

大正時代は晶子に、明治のころとは質を違えた精神的鍛錬の機会を与えたように思われる。それまでの晶子にとって、真に手強い相手は同性のうちにはなかったのではないか。ところがらいてうを始め極めて明晰な山川菊榮が論壇に登場し、晶子は真剣に戦わざるを得なくなった。独走態勢による八面六臂《ろっぴ》の活躍の時代から、仕事の絞り込み時期に移りつつある四十代後半にあって、こうした論戦は晶子をいささか疲れさせ、評論の場から少しずつ退いていくことになる。

大正十一年七月九日、森鷗外が死去する。鷗外は「明星」支援にはじまり寛の才能を高く評価して、とかく文壇歌壇から見放されがちとなった彼へのあと押しを惜しむところがなかった。寛はよく、鷗外の主催する観潮楼歌会にも出席していた。それゆえ与謝野夫妻にとっての支柱的存在だった鷗外の死は、寛や晶子に大きな衝撃を与えた。前年に復刊した第二次「明星」も大震災の影響で経営不振となり、昭和二年には廃刊する。

作品発表拠点を失った二人は、文化学院での教育実践の合間を縫って、頻繁に旅をするようになる。北海道から九州まで講演などを兼ねながらの旅は、しかし実のところ晶子の歌にあまり好ましい跡を残していない。類型的で感動の薄い旅行詠の累積は、晶子を過去の人に押しやろうとした。

身の負はむ苦も五十路して尽きぬべしかくおのれこそ許したりけれ　晶子

昭和三年に刊行の、生涯最後の歌集『心の遠景』に収められた一首である。働き続けた晶子が自分の心身をそろそろ自由にしてやりたいというのである。また、自分にとって最も心傾けるべき仕事に専念したいと思い始めたのかもしれない。

五年三月、寛は雑誌「冬柏《とうはく》」を創刊。周到な準備のもと、生涯をかけた文芸雑誌作りの最終の形がこれだった。八年、寛は還暦を迎え、記念に『与謝野寛短歌集』を刊行。そして十年三月二十六日、風邪をこじらせて気管支カタルを併発し、あっけなく死去。

筆硯煙草を子等は棺に入る名のりがたかり我れを愛《め》できと　『白桜集』

晶子の悲嘆は激しかった。寛の没後に残されたのは、大震災で焼失して一度は完全に諦《あきら》めた『源氏物語』現代逐語訳に専念することだけだった。

源氏をば一人となりて後に書く紫女《しちょ》年若くわれは然《し》からず　『白桜集』

十三年七月、岩波文庫版による自選『与謝野晶子歌集』刊。ここでは驚くべきことに『みだれ髪』からわずか十四首しか採られていない。「嘘の時代の作を今日も人からとやかく云はれがちなのは迷惑至極である」と、切り捨てるように記した晶子だが、それは単に若書きへの面映ゆさ故だけだったのだろうか。その十四首もほぼすべて改稿されていた。

還暦を迎えるころから晶子は体調を崩しがちになり、十四年九月の『新新訳源氏物語』全六巻の出版祝賀会、翌年四月の京阪神および丹後の旅を終えてからは次第に衰弱。同年五月に脳溢血で倒れ、以後、その死まで病床に就いたままとなる。

木の間なる染井吉野の白ほどのはかなき命いだく春かな　『白桜集』
自らは不死の薬の壺抱く身と思ひつつ死なんとすらん　同

昭和十七年五月二十九日、晶子、長逝。「明星」以来の新詩社同人・平野万里は晶子の遺歌集として『白桜集』を編纂した。寛の死去以来の二千四百余首を収載。寛と晶子自身の最後の命を封じ込めた、重い一冊である。

松平盟子（まつだいらめいこ）　一九五四年、愛知県生れ。歌人。七七年、角川短歌賞受賞。繊細な感覚と華麗な言葉づかいによる都会派の短歌で知られる。歌集に『帆を張る父のやうに』『シュガー』『プラチナ・ブルース』（河野愛子賞）『うさはらし』『カフェの木椅子が軋むまま』等、著書に『母の愛　与謝野晶子の童話』『風呂で読む与謝野晶子』がある。

●主要参考文献●

『定本與謝野晶子全集』全二十巻　講談社
『与謝野晶子歌集』　岩波文庫
『みだれ髪　附みだれ髪拾遺』　角川文庫
『与謝野晶子評論集』　岩波文庫
『私の生ひ立ち』(随筆)　与謝野晶子著
　上笙一郎編　学陽書房　女性文庫
『環の一年間』(童話)　与謝野晶子著
　上田博、古澤夕起子編　和泉書院
『与謝野鉄幹歌集』　逸見久美編　短歌新聞社
『評伝與謝野鐵幹晶子』　『新みだれ髪全釈　晶子第一歌集』　『与謝野晶子第二歌集　小扇全釈』　『夢之華全釈　与謝野晶子第六歌集』　『与謝野鉄幹詩歌集むらさき全釈』　以上5点、逸見久美　八木書店
『與謝野晶子と周辺の人びと』(研究)　香内信子　創樹社
『決定版与謝野晶子研究　明治、大正そして昭和』　赤塚行雄　學藝書林
『みだれ髪の系譜』(研究)　芳賀徹　講談社学術文庫
『群像日本の作家6　与謝野晶子』(評論)　小学館
『与謝野晶子を学ぶ人のために』(評論)　上田博、富村俊造編　世界思想社
『山川登美子「明星」の歌人』(評論)　竹西寛子　講談社
『わがふところにさくら来てちる　山川登美子と「明星」』(評論)　今野寿美　五柳書院
『鉄幹と晶子　詩の革命』(評伝)　永畑道子　ちくま文庫
『恋ごろも「明星」の青春群像』(評伝)　尾崎左永子　角川書店
『晶子曼陀羅』(小説)　佐藤春夫　講談社文芸文庫
『千すじの黒髪　わが愛の与謝野晶子』(小説)　田辺聖子　文春文庫
『初恋に恋した女与謝野晶子』(小説)　南条範夫　講談社文庫
『新潮日本文学アルバム　与謝野晶子』　新潮社
『年表作家読本　与謝野晶子』　平子恭子編著　河出書房新社
『晶子アール・ヌーヴォー』　木股知史監修　堺市

年々の愛読書

田辺聖子

与謝野晶子のことを『千《ち》すじの黒髪』という、評伝とも小説ともつかぬ作品に書いたのは昭和四十七年であった。私は四十四歳である。そのころの私は自分で、晶子のことをかなり理解したつもりであった。

しかしそれから十三年たって晶子を読んでみると、まだまだ私にはわかっていなかったな……という思いが強い。晶子は人生のその年代年代で、新しい貌《かお》をみせてくれるのである。このぶんでは、六十代七十代でなお私は晶子から多くのものを享《う》けるにちがいない。

まず私は、昔よりもっと、晶子の写真にのこる面立ちに魅《み》せられるようになった。こちらが年齢を加えるにつれ、写真の晶子に（私は無論、写真でしか彼女を知らないが）何ともいえぬ深みを見出《みいだ》すようになった。それは好もしい快い共感である。対象を見据える強いまなざし、秀抜な男眉《おとこまゆ》、意志的に引き結ばれた唇、それらをあつめて完結させせる雄勁《ゆうけい》な、がっしりした顎《あご》の線。その雄々しさが彼女の面輪に、「汚れを知らぬ悲しみ」といったような面紗《ベール》をかけている。

若いときより、ずんずん晶子は精神的に、美しくなっていっているのがよくわかる。その表情にふと、みやびやかな甘さがただようのは、夫の寛とヨーロッパにいるときの写真である。よほど楽しい旅であったのであろう。

寛のほうも、年を加えるにつれ、いい男ぶりになっていっている。夫婦が共によくなるのはたいそうむつかしい。双方で妥協してほどほどに折れ合うことが、夫婦をレベルダウンさせる、それがこの世のならいでもあり、また人の世の物なつかしさ、人肌くさい慕わしさでもあるが、寛と晶子は写真でみると、精神の独立と自我は磨滅させていないようで、表情に深みを加えている。

芸術活動もさりながら、この二人は、夫と妻、というより、生涯、男と女として向き合って緊張度の高い関係を持続したのであろう。

晶子のことを、私は千年に一人の天才だと思っているのだが、その天才に最後まで緊張を強いた寛も、タダモノではなかった、と思わざるをえない。寛の業績は今まで不当に等閑《なおざり》にされているが、文学的業績よりも、人間の志というようなものが、身近にいる晶子には高く評価されていたのであろう。女は敬意をもてない男を、最終的に愛することはできない。また、緊張することもできない。寛は存在自体が晶子を刺激しつづける発光体だったのではないか。——そんなすてきな男性の生前に、ぜひぜひ、会ってみたかったなあ、私は。

こんなことをいうのは、晶子の文学は寛をぬきにしては語れないからである。晶子は寛との恋愛によって絢爛豊饒《けんらんほうじょう》な詩境を拓《ひら》いていった。「淫情浅想」と攻撃され、「乱倫、人心に害あり」と評論家にけなされながら、『みだれ髪』は明治の青年たちに熱狂的に支持される。晶子は私生活でもその頃、寛と結婚して、恋の勝利者となっている。

芸術と実人生が綯《な》いまぜられつつどちらも熟成していくという、稀有《けう》な晶子の幸運がはじまる。

歌集と子供を競うように世に送り出して、晶子は次第に歌境を深めてゆく。ところで興ふかいのは、寛という男は女にとって端倪《たんげい》すべからざるところがあって、ひとすじ縄でいかないらしいのである。実際にどういう事件が寛と晶子のあいだに起きたか、知るよしもないが、それらは晶子の歌に確実に投影している。

寛は恋愛至上主義を唱えて自我の解放を謳《うた》い、それが『明星』の文学的拠点ともなったが、実人生でも恋に奔《はし》りやすい男であったらしい。

晶子は寛のために嫉妬《しつと》を知り、怨嗟《えんさ》を知り、懊悩《おうのう》を知る。寛によって修羅《しゆら》の妄執《もうしゆう》を経験させられる。晶子は心の安まるひまはないのである。それでいて、次第に寛を通して「男」の本性を洞察し、男を包容するやさしさをつちかう。――と思うと、あるとき、寛は、いわでもの告白をして、晶子の心をずたずたにしたりする。

いつまでも馴致《じゆんち》しない野獣のような男、なのである。それでいて寛には卑陋《ひろう》なところはなく、率直で純粋であった。純粋が罪になるぎりぎりのところまで、純粋であった。晶子はそんな寛を愛し、みとめ、評価しているのである。

寛の最初の妻（正しくは二度目の妻）の、林滝野に、この歌がある。

「尺水《せきすゐ》は衆《おほ》くの象《かたち》映すなりこの身女《をみな》のよろづを含む」

まさに寛に向う晶子は、この歌の通りの思いを強くしたことであろう。晶子は寛によって男の「象《かたち》」を学ばされた。その次第が歌に投影するため、晶子の歌のよさ、面白さは、よむ人間の年齢とキャリアによって変ってくる。いまの私に面白いのは、『みだれ髪』以後の歌集である。私は『佐保姫』『春泥集』『夏より秋へ』『朱葉集』などが好きだ。（この間に『さくら草』があるが、なぜかこの歌集には佳作が少なく、私の打つマルがない。私は晶子の歌で好きなものには、上にマルを入れている。）それから、『朱葉集』が好きになったから、『みだれ髪』やそれにすぐつづく、『舞姫』『夢之華』などに

興を失った、というのではない。好きなものがさらにふえていくのである。実際、『夢之華』などをひらいて、

「地はひとつ大白蓮の花と見ぬ雪の中より日ののぼる時」

などという歌が目に入ったときの恍惚を何にたとえよう。また同じ集で、

「貫之《つらゆき》も女楽《にょがく》めされし楽人《がくにん》も短夜《たんや》の帳《ちゃう》の四面《しめん》に侍《はべ》れ」

など読むと、香気に中《あ》てられて私はクラクラとしてしまうのである。

さて『佐保姫』は明治四十二年の歌集で、晶子三十一歳、『明星』は前年終刊し、寛は失意に沈んでいたときで、晶子も寛を慰めようがない頃だった。寛との間に何らかの確執を育てていたのかもしれない。

「撥《ばち》に似しもの胸に来てかきたたきかきみだすこそくるしかりけれ」

「髪あまた蛇頭《へびがしら》する面《おもて》ふり君にもの云ふわれならなくに」

「焼鉛《やきなまり》背にそそがれしいにしへの刑にもまさるこらしめを受く」

この年、山川登美子は病死しているが、晶子のこの激越な口調は、ある修羅場を示唆《しさ》する。『春泥集』は明治四十四年、晶子三十三歳。

「男をも灰の中より拾ひつる釘のたぐひに思ひなすこと」

「すさまじきものの中にも入れつべき恋ざめ男恋ざめ女《をなご》」

「不可思議は君が二つに分つ恋われかたはしも欠かであること」

「わが頼む男の心うごくより寂しきは無し目には見えねど」

晶子は寛を怨《うら》み憎みながら、寛を通して男の原罪を見据え、男の寂寥《せきりょう》を洞察するのであった。

「わが背子は世の嘲りを聞くたびに筆をば擱《お》きて物をおもへる」

「わが背子に四十路《よそぢ》ちかづくあはれにも怒らぬ人となり給ふかな」

晶子は中年以後、寛への愛がさめたと解する人もあるが、私にはそうは思えない。晶子は寛を愛して変らなかったから、あれほど奔命に疲れさせられたのであろう。

『夏より秋へ』は大正三年、晶子三十六歳の歌集で、ヨーロッパ旅行中の歌がおさめられ、寛と異国に二人あった心のたかぶりを伝えて香気ふかき集である。この美しい歌集を私はいつもいとおしみ、ひもとく。

「三千里わが恋人のかたはらに柳の絮《わた》の散る日に来《きた》る」

「ああ皐月《さつき》佛蘭西の野は火の色す君も雛罌粟《コクリコ》われも雛罌粟」

「君と行くノオトル・ダムの塔ばかり薄桃色にのこる夕ぐれ」

晶子の歌は磨きぬかれたテクニックの上に、再び中年にして燃えあがった恋を（中年なればこそ、若年のそれより一層美しく哀切な恋を）たかだかと歌いあげる。晶子はやはり、寛をふかく愛していたのである。

さて、二人は大正と年号のかわった東京へ戻る。異国での昂揚《こうよう》した愛情は、閉鎖された日本の家の中で色あせ、寛と晶子は再び、双方の強い個性の軋《きし》めきに苦しむようになる。

『朱葉集』は大正五年、晶子三十八歳、寛はまだ晶子を苦しめる力がある。寛はよしない懺悔《ざんげ》をして晶子を修羅場に落してしまう。

「君がする懺悔によりて救はれしものなしわれも君も悲しき」

「懺悔して心にものの消え去ると思ふ幼き人にもあるかな」

「その懺悔咀《のろ》ひにひとし聞きてより夜《よ》も日も涙ながるるわれは」

「やがてわが身のすみずみに沁みゆきぬ毒の薬《くすり》か君の懺悔か」

この集から『舞ごろも』『晶子新集』など、中年熟年男女がじっくり読んで読みごたえのある歌集が並ぶ。若い時は『みだれ髪』をこよないものと思ったが、いまは晶子中年の頃の歌集をそう思い、身に沁みて楽しむのである。男女愛憎の地獄をかいまみる感動は、中年以後でないと味わえない。

晶子は昭和十年に寛を送る。寛は六十二歳、晶子は五十七歳である。

「手をわれに任せて死にぬ旧人《ふるひと》を忘れざりしは三十とせの前」

晶子は寛が心を寄せた、晶子以外の女たちに、最後の最後までこだわっている。そして寛を愛惜して哭《な》くのである。すでにこの二人の生涯をつないでいたものは、愛か憎悪《ぞうお》か、わかちがたくなっている。ただわかっているのは、寛なくして晶子の詩業も成らなかったことであろう。晶子の黒々と深い瞳《ひとみ》は、写真ではいつもひたとレンズをみつめているが、男女の地獄を見た眼ともみえる。

（「新潮日本文学アルバム　与謝野晶子」より再録）

略年譜

明治十一（一八七八）年　十二月七日堺県堺区（現大阪府堺市）甲斐町に菓子商駿河屋主人二代目鳳宗七の三女（第五子）として生まれる。届出名は「志よう」。母津祢は後妻で、姉二人は先妻の子。次兄は既に夭折。

明治十五（一八八二）年　四歳　四月、早期教育を望んだ父が、宿院尋常小学校に入れたが、恐怖心をおこして登校拒否。

明治十七（一八八四）年　六歳　四月、宿院尋常小学校に再入学。

明治十九（一八八六）年　八歳　生家近くで樋口朱陽が営む漢学塾に入り、『論語』『長恨歌』等を学ぶ。

明治二十一（一八八八）年　十歳　宿院尋常小学校を卒業し同高等小学校に一時在籍の後、新設の区立堺女学校（現大阪府立泉陽高校）に入学。

明治二十四（一八九一）年　十三歳　堺女学校を卒業し、その補習生として残る。この頃から店番をしながら父の蔵書の古典類を読み耽る。

明治二十八（一八九五）年　十七歳　「文芸倶楽部」九月号「懸賞披露」欄に短歌一首が載る。

明治二十九（一八九六）年　十八歳　堺敷島会に入会し、その機関誌「堺敷島会歌集」第参集（五月）以後の各集に短歌を発表する。

明治三十（一八九七）年　十九歳　「堺敷島会歌集」に短歌を発表し続ける。十月、「新声」八巻十号に俳句がはじめて載る。

89　帝国憲法発布
90　教育勅語発布
94　日清戦争
95　一葉「たけくらべ」
96　アテネで第一回オリンピック
97　藤村『若菜集』紅葉「金色夜叉」

明治三十一（一八九八）年　二十歳　四月十日の読売新聞ではじめて与謝野鉄幹の短歌を知り、強い印象を受ける。

明治三十二（一八九九）年　二十一歳　浪華青年文学会に加入し、その機関誌「よしあし草」十一号（二月）にはじめて新体詩「春月」を発表。

明治三十三（一九〇〇）年　二十二歳　四月、乳母と吉野で作歌。五月、「明星」二号に短歌六首を発表。六月、上京し長兄秀太郎の家に約一週間滞在。八月、関西に来た与謝野鉄幹にはじめて会い、浜寺・高師の浜、住吉大社等で作歌。十一月、鉄幹に誘われ、山川登美子と共に京都へ。三人で永観堂の紅葉を賞で、粟田山の辻野旅館に一泊する。その旬日後、結婚帰郷のために登美子が別れを告げに来る。

明治三十四（一九〇一）年　二十三歳　一月、関西青年文学会と新詩社神戸支部との合同新年会のために神戸に来た鉄幹に誘われて京都・粟田山の辻野旅館で二泊した。四月、鉄幹の内妻・林滝野は山口県徳山に帰郷。六月、晶子は上京し、一たん栗島狭衣（明星社友）宅に身を寄せた後、東京府豊多摩郡渋谷村字中渋谷二七二番地の鉄幹宅に入る。同月十六日、新詩社歌会にはじめて出席。八月十五日、歌集『みだれ髪』を東京新詩社と伊藤文友館の共版で刊行。九月、「帝国文学」に『みだれ髪』評が出る。同月、中渋谷三八二番地へ転居。十月一日、木村鷹太郎を仲人として挙式。十二月三十一日、鉄幹・小島烏水と共に関西旅行に出る。

明治三十五（一九〇二）年　二十四歳　一月一日、鉄幹は大阪の文学同好会へ出席。晶子は一人で生家を訪れる（除籍のためか）。同月十三日、鉄幹の本籍地、京都府愛宕郡修学院村大字一乗寺薬師堂一三番地に入籍し与謝野姓となる。「明星」

98　独歩「武蔵野」、蘆花「不如帰」
99　中国義和団事件
00　フロイト『夢判断』
01　レントゲンら、第一回ノーベル賞受賞
02　鷗外訳『即興詩人』

誌上では一月号から与謝野晶子の名を使う。十一月一日、長男光誕生（命名は上田敏。届出は三十六年一月七日）。同十日、石川啄木来訪。

明治三十六（一九〇三）年　二十五歳　五月、鉄幹・光と関西旅行。晶子は光のみを連れて生家訪問。三日から十二日迄逗留。九月、父、脳溢血のため死去。

明治三十七年（一九〇四）年　二十六歳　一月、歌集『小扇』刊行。五月、鉄幹との合著詩歌集『毒草』刊行。七月、次男秀誕生（命名は薄田泣菫）。九月、「明星」に「君死にたまふこと勿れ」発表、十月号の「太陽」で大町桂月に攻撃される。十一月、桂月への反論として「明星」に「ひらきぶみ」発表。

明治三十八（一九〇五）年　二十七歳　一月、山川登美子・増田雅子と合著で詩歌集『恋衣』刊行。同八日、鉄幹・平出修が「明星」を代表する形で大町桂月と「君死にたまふこと勿れ」について論争。この年から鉄幹、本名の寛にもどる。

明治三十九（一九〇六）年　二十八歳　一月、歌集『舞姫』刊行。九月、歌集『夢之華』刊行。

明治四十（一九〇七）年　二十九歳　二月十四日、母死去。三月、女子の双生児八峰、七瀬誕生（命名は森鷗外）。六月、ユニバーサリスト教会附属英語学校での「閨秀文学会」の講師となり、『源氏物語』等古典の講義と短歌の添削を担当。七月から八月にかけて寛が北原白秋・木下杢太郎らを連れて九州旅行。十二月、脳貧血で倒れる。

明治四十一（一九〇八）年　三十歳　一月、童話集『絵本お伽噺』刊行。同月十四日、北原白秋ら七人が新詩社を脱退。七月、歌集『常夏』刊行。十一月、「明星」

04　対露宣戦布告

05　漱石「吾輩は猫である」、上田敏『海潮音』

07　花袋「蒲団」鏡花「婦系図」

百号で終刊。過労で晶子倒れ、二日間、右半身が不随。

明治四十二（一九〇九）年　三十一歳　一月、神田区駿河台東紅梅町へ転居。同月「スバル」創刊、挨拶状に名を連ねる。三月、三男麟誕生。四月十五日、山川登美子没。五月、歌集『佐保姫』刊行。「明星」に代わる「トキハギ」創刊。登美子への挽歌掲載。四月から自宅で寛と文芸講演会を始め『源氏物語』を講義する。

明治四十三（一九一〇）年　三十二歳　二月、三女佐保子誕生。三月十六日、観潮楼歌会最後の例会に出席。六月、自宅での文学講演会を閉じる。九月、童話『おとぎばなし少年少女』刊行。

明治四十四（一九一一）年　三十三歳　一月、歌集『春泥集』刊行。二月、四女宇智子誕生。六月、平塚らいてう来訪。七月、感想評論集『一隅より』刊行。九月、「青鞜」賛助員となり、創刊号に詩「そぞろごと」発表。十一月八日、寛渡欧。年末パリ着。

明治四十五・大正元（一九一二）年　三十四歳　一月、歌集『青海波』刊行。二月、『新訳源氏物語』四巻本刊行開始。五月、小説集『雲のいろいろ』刊。五月五日東京発、シベリア鉄道経由で同十九日パリ着。欧州各地を巡り十月二十七日一人で海路帰国。

大正二（一九一三）年　三十五歳　一月、寛帰国。四月、四男アウギュスト誕生。六月五日から九月十七日まで「東京朝日新聞」に自伝的小説『明るみへ』連載。

大正三（一九一四）年　三十六歳　一月、詩歌集『夏より秋へ』刊行。六月、童話集『八つの夜』刊行。七月、『新訳栄華物語』三巻本刊行開始。

09　白秋『邪宗門』

10　大逆事件。韓国を併合
啄木『一握の砂』

11　西田幾多郎『善の研究』

13　茂吉『赤光』

14　第一次世界大戦参戦

大正四（一九一五）年　三十七歳　一月、寛との合著で『和泉式部歌集』刊行。三月、『新訳栄華物語』完結。同月、詩歌集『さくら草』、『与謝野晶子集』（『現代自選歌集』）刊行。三月、五女エレンヌ誕生（戸籍上）。四月、『麗女小説集』刊行。五月、評論集『雑記帳』刊行。九月、童話集『うねうね川』刊行。十二月、歌論集『うたの作りやう』刊行。

大正五（一九一六）年　三十八歳　一月、小説『明るみへ』、歌集『朱葉集』刊行。二月、自註書『短歌三百講』刊行。三月、五男健を無痛分娩法で出産。四月、評論集『人及び女として』刊行。五月、歌集『舞ごろも』刊行。七月、『新訳紫式部日記／和泉式部日記』刊行。十一月、『新訳徒然草』刊行。平塚らいてうとの間に「母性保護論争」始まる。

大正六（一九一七）年　三十九歳　一月、評論集『我等何を求むるか』刊行。二月、歌集『晶子新集』刊行。十月、評論集『愛、理性及び勇気』刊行。

大正七（一九一八）年　四十歳　三月、自作歌を木版刷にした『明星抄』上下二冊（二種あり）刊行。五月、評論集『若き友へ』刊行。

大正八（一九一九）年　四十一歳　一月、評論集『心頭雑草』刊行。三月、六女藤子誕生。五月、童話集『行つて参ります』を竹久夢二の挿絵入りで刊行。八月、歌集『火の鳥』刊行。八月、評論集『激動の中を行く』刊行。

大正九（一九二〇）年　四十二歳　五月、晶子の歌がイタリア語に訳されて"Onde del Mare Azzurro"の書名でナポリから刊行される。評論集『女人創造』刊行。八月、文化学院創立の件を西村伊作、河崎なつらと相談。

15　芥川「羅生門」鷗外「山椒大夫」
17　ロシア革命　朔太郎『月に吠える』
18　シベリア出兵　佐藤春夫「田園の憂鬱」、犀星『抒情小曲集』

大正十（一九二一）年　四十三歳　一月、歌集『太陽と薔薇』刊行。三月、評論集『人間礼拝』刊行。四月、文化学院開校、学監となる。十一月、「明星」復刊。

21　中勘助『銀の匙』　志賀「暗夜行路」

大正十一（一九二二）年　四十四歳　六月、『新訳徒然草』刊行。八月、「明星」に森鷗外を悼む歌二十八首を発表。九月、歌集『草の夢』刊行。

大正十二（一九二三）年　四十五歳　一月、『晶子恋歌抄』刊行。二月、帝国ホテルで寛の五十の賀。四月、評論集『愛の創作』刊行。七月、鷗外の墓へ詣る。九月一日、関東大震災で文化学院も被災し、そこに置いてあった口語訳『新新訳源氏物語』の草稿一千枚焼失。

23　関東大震災　井伏「山椒魚」

大正十三（一九二四）年　四十六歳　五月、歌集『流星の道』刊行。十月中旬、寛らと関西方面へ旅行。

24　賢治『春と修羅』

大正十四（一九二五）年　四十七歳　一月上旬、寛・石井柏亭らと諏訪方面に吟行。同月、歌集『瑠璃光』刊行。五月、寛らと南信州へ。七月、感想文集『砂に書く』刊行。十月、寛・平野万里らと北信州へ。十一月、寛らとともに、『日本古典全集』の編集となる。

25　普通選挙法・治安維持法公布、東京放送局、試験放送開始　梶井「檸檬」

大正十五・昭和元（一九二六）年　四十八歳　一月、「よしあし草」以来の友人小林天眠からその三女を長男光の妻へとの話があり、八月承諾。十月十三日、次女七瀬、山本直正と結婚。昭和に入って日本各地への旅行急増する。

昭和二（一九二七）年　四十九歳　一月、寛と箱根に遊ぶ。二月刊行の『和泉式部歌集』（『日本古典全集』）に伝記と解題を書く。四月、第二次「明星」終刊。同月、寛・正宗敦夫らと京都・奈良へ。九月、東京府豊多摩郡井荻村字下荻窪（元杉並区

27　金融恐慌始まる

荻窪二丁目一一九番地）にはじめて家を建てる（土地は借地）。十月、初孫直久誕生。

昭和三（一九二八）年　五十歳　四月十日、光と小林迪子結婚。五月、満鉄本社の招待で中国東北部からモンゴル方面を旅行。奉天宿泊中に張作霖の爆死に遭遇。六月、歌集『心の遠景』刊行。七月、社会問題をとりあげた評論集『光る雲』刊行。

昭和四（一九二九）年　五十一歳　一月、『晶子詩篇全集』刊行。「君死にたまふこと勿れ」など三八二篇収載。二月〜六年四月にかけて『女子作文新講』（全六巻）刊行。四月、自選歌集『人間往来』を改造文庫本として刊行。同月、改造社版『現代日本文学全集』三十七巻に詩十二篇収載。九月、同三十八巻に短歌六十八首収載。六月、自選の『晶子短歌集』を新潮文庫本として刊行。十二月、寛と合著の歌文集『霧島の歌』刊行。同月十二日、生誕五十年の祝賀。東京会館で二五〇余名が出席。

昭和五（一九三〇）年　五十二歳　三月、雑誌「冬柏」創刊。四月、寛は文化学院辞職。晶子は女学部長に就任。四月、婦選獲得同盟から「婦選の歌」（山田耕筰作曲）〈一枚刷〉を出す。五月、寛と合著で歌文集『満蒙遊記』刊行。

昭和六（一九三一）年　五十三歳　一月、『年刊冬柏集』に百四十首収載。同月、北陸方面に吟行。二月、評論集『街道に送る』刊行。二月、寛と北陸へ旅。四月、寛と箱根に。五月、寛と北海道へ。函館市立図書館で啄木の遺稿を見る。六月、上海の開明書店から張嫻訳『与謝野晶子論文集』刊行。九月、寛と上州へ。十一月、寛と四国へ。十二月、寛と鬼怒川温泉でくつろぐ。同月、寛と、丹波の大江山に出来た寛の父与謝野礼厳の記念碑除幕式に出席。

28　林芙美子「放浪記」
29　世界経済大恐慌　小林多喜二『蟹工船』
30　三好達治『測量船』
31　満州事変

昭和七（一九三二）年　五十四歳　四月、『短歌講座』に『和泉式部の歌』収録。

昭和八（一九三三）年　五十五歳　二月、寛の六十歳を祝して東京日本橋高島屋で「寛・晶子著作展」開催。『与謝野寛短歌集』刊行、同月二十六日東京会館で祝賀会。五月八日、本籍を東京市京橋区銀座三丁目二番地の三に移す。五月から六月にかけて寛と北海道旅行。六月末、寛と岡山県へ講演旅行。八月、軽井沢の尾崎咢堂別荘に招かれる。九月、改造社より『与謝野晶子全集』刊行開始。十二月三十一日、西那須温泉へ。翌元旦、狭心症で倒れる。

昭和九（一九三四）年　五十六歳　二月、評論集『優勝者となれ』刊行。九月、『与謝野晶子全集』（全十三巻）完結。

昭和十（一九三五）年　五十七歳　二月、寛と熱海へ吟行。三月十三日、寛、気管支カタルで慶大病院に入院。同二十六日、寛、急性肺炎を併発して同病院で死去、六十三歳。五月、『与謝野寛遺稿集』刊行。

昭和十一（一九三六）年　五十八歳　二月、弟子らと箱根小涌谷に遊ぶ。八月、弟子らと上高地、金沢方面に遊ぶ。十月、『短歌文学全集――与謝野晶子篇』刊行。

昭和十二（一九三七）年　五十九歳　一月、改造社企画の『新万葉集』の撰者となる。三月十二日、脳溢血で倒れ約一ヵ月臥床。七月、箱根に吟行。九月、北信方面に吟行。十二月、『新万葉集』刊行。

昭和十三（一九三八）年　六十歳　二月十七日、『新万葉集』完成慰労会に出席。四月、『現代語訳国文学全集』第九巻『平安朝女流日記』刊行。七月、『与謝野晶子歌集』（岩波文庫）刊行。十月、『新新訳源氏物語』刊行開始。

32　五・一五事件

33　ナチス政権掌握
日本、国際連盟脱退

35　芥川賞・直木賞創設
川端「雪国」

36　二・二六事件
スペイン内乱

37　日中戦争

38　国家総動員法

昭和十四（一九三九）年　六十一歳　一月、伊豆方面に吟行。二月、箱根に吟行。九月、『新新訳源氏物語』完結、十月、全六巻完成記念祝賀会が上野精養軒で行われる。一七〇名出席。

昭和十五（一九四〇）年　六十二歳　一月、甲州へ。四月、伊豆から近畿に遊ぶ。五月、脳溢血再発し、半身不随となる。六月、『新選与謝野晶子集』を新潮文庫本として刊行。

昭和十六（一九四一）年　六十三歳　七月、山梨県上野原に転地療養。九月、小康状態のため寝台自動車で帰郷。十二月七日、最後の誕生祝。

昭和十七（一九四二）年　六十三歳　一月四日、狭心症併発。五月十八日、尿毒症併発。同月二十九日午後四時三十分永眠。寛の眠る多磨墓地に埋葬。九月、平野万里編輯の遺歌集『白桜集』刊行。

39　第二次世界大戦勃発

41　高村『智恵子抄』
12月、日本参戦

（『新潮日本文学アルバム　与謝野晶子』より一部修正し転載）

みだれ髪《がみ》

新潮文庫　よ－22－1

平成十二年一月一日発行
令和四年十一月十五日六刷

著者　与《よ》謝《さ》野《の》晶《あき》子《こ》

発行者　佐藤隆信
発行所　株式会社新潮社
郵便番号　一六二－八七一一
東京都新宿区矢来町七一
電話 編集部(〇三)三二六六－五四四〇
読者係(〇三)三二六六－五一一一
https://www.shinchosha.co.jp
価格はカバーに表示してあります。
乱丁・落丁本は、ご面倒ですが小社読者係宛ご送付ください。送料小社負担にてお取替えいたします。

印刷・三晃印刷株式会社　製本・株式会社植木製本所
Printed in Japan

ISBN978-4-10-117021-3　C0192